纸上凤阳境千叠

——写在《"凤阳是个好地方"全国诗词大赛优秀作品集》付梓之际

王连侠

此刻，窗外是凤阳。

三年前，凤阳是近旁的地名，是花鼓是石英砂是明皇陵是狼巷迷谷，是一条河流的走向、一个王朝的起点、一场改革的序幕、一种精神的肇始。

三年后，凤阳是我朝夕熟稔的地方。置身在这片土地上，一次次走进集镇乡村、学校机关、工厂工地、广场公园、淮岸山坳，那些历史书、政治书、地理书上的宏大描述才一一落实成触手可及的、带着温度和乡音的一砖一瓦、一草一木。

凤阳是什么样的？来到凤阳以后，我开始思考这个问题——并不是因为"身在此山中"，而是亲临此地才深悟"凤阳真是个好地方"。而且这"好"，远不只是改革之乡、帝王之乡、花鼓之乡、石英之乡、曲艺之乡等等高大上的名头；凤阳的"好"啊，上得了"厅堂"也下得了"厨房"，穿得了明黄正红也搭得了泼墨留白。由此，"凤阳是什么样的"，不仅指向凤阳淡妆浓抹总相宜的内涵发掘，也指向提振影响、打造品牌的途径探索。

作为大明文化肇始和中国农村改革发源地，在改革开放暨大包干40周年之际，凤阳的文化建设，追根溯源都是怀着"温情与敬意"在回答"凤阳是什么样的"这个问题，从而让更多的人看到凤阳，看到凤阳有厚度有活力有温度的千姿万象。

我们尝试了一条"种桃种李种春风"的路。以体系统筹为"种",实施县、镇、村三级联动机制,让文化建设所到之处都能一一生根发芽。桃红李白,则以盎然生机给大城小家以直观的氛围,耳濡目染俱是风清气正。除去传统的户外大环境,凤阳还特别致力于深入民众小生活,宏大和细微并举,观念和言行皆重。"桃李不言,下自成蹊",更进一步则是挖掘特色,并搭载多样的形式,种春风以化雨,于无声中润物,让文化传统在"互联网+"思维的跨界中焕新,让城市内涵在此过程中得以突显、丰满。各种主旋律与多样化结合、时代气息与地方色彩并重,内容新、形式新、意境新的宣传文化活动,悄无声息地发挥强大教化作用,让主流价值观、传统文化和地方文化融入百姓生活。无论是"种"还是"桃李春风",我们一直注重人的参与,我们相信每一个凤阳人的举手投足、身体力行才是最好的城市名片。"种在心里,开花结果",脸上的笑意和内心的充盈就是"凤阳是什么样的"最包容广大的底色。

回答了内涵,就面临途径选择。我们想到了诗词可以作为一个突破口,因为一方面凤阳历史悠久、山清水秀,这个好地方,值得书写;另一方面,以诗词为载体,最能体现这座小城的文化品位,有群众基础也有格调。

去岁3月,凤阳面向全国广发英雄帖。历时两个月,"凤阳是个好地方"全国诗词大赛共收到1097首(组)作品。组委会将征集来的作品隐去作者,分格律诗词赋和现代诗两组分别进行两轮盲审;根据总评分的高低又进行了第三轮合议,最终评出一等奖2名,二等奖4名,三等奖9名,优秀奖20名。终审评委们一致表示,本次参赛作品数量多、质量好、品味高,奇思佳构,悦目怡情。

经由诗人们的咀嚼、沉淀,山水成了画上的一笔黛色,花鼓是别在历史腰间的一段乡愁,濠梁与时辩,藤茶有春秋……当家门口的草木、从小听的故事、亲眼见的蜕变一一落成诗里的意象,熟悉的也成了可堪品咂的风景,凤阳的老老少少由此和自己祖祖辈辈生活的土地建立起更深的情感关联。

　　以美来呈现美，以意蕴丰厚来呈现意蕴丰厚。这一首首诗、一阙阙词也是凤阳向世人发出的邀约，在纸上用墨香奉上大美凤阳的又一种打开方式。这诗集是小径交叉的花园，移步换景，峰回路转，看遍凤阳千年上下百里纵横。

　　纸上凤阳境千叠，窗外凤阳韵无边。掩卷回味时，您不妨骑着一纸情思来凤阳实地看看。我作导游，在此等您，以"凤阳是个好地方"与您接头、向您致意。

　　　　　　　　　　（作者为中共凤阳县委常委、宣传部部长）

目　录

· 钟吕蜚声

· 宫商叠韵

· 山水交响

· 岁月欢歌

目
录

01

钟吕蜚声

凤阳赋①

三庆绪（安徽）

崇文北斗，揽秀凤阳。太祖赐名，流皇家之血脉；淮河叠浪，卷生态之波光。物炳象丰，拢山川之明媚；民殷国富，奏时代之宫商。露润晨熙，洒艳阳于四野；星辉夜朗，标峻节于九苍。看林岳排于熹微，祥光瑞兆；聆溪流跌于陶醉，嘉乐声扬。明月悬于宸楼，千般瑰美；清风贯于巷陌，四季安详。

观夫凤阳，西毗大通，文光显耀；南临定远，天象淑匀。隔淮河，望淮上②，胸怀滂荡；壤禹会，邻蚌山③，水汽氤氲。弥望远览，林苍苍而不乱；逐迹就迹，原茂茂而常欣。养空灵于苍郁，吞日月于雄浑。物语满坡，萤火夜飞而逗趣；藤条垂地，杂花晨绽而萌新。老木虬枝，鉴松衫之久远；方畦碧韭，铺版画于初春。韵叠玲玲，是长翎叽于暮色；风吹飒飒，当秀竹醉于朝暾。

夫天既眷于斯域，景必秀于山川。究凤阳之躔④，物充而景煜，绿肆而红燃。峻岭藏奇，地峥嵘而脉结；和风蔚野，禾葳蕤而汽涵。南北相牵，史有商贾络绎之盛；东西交汇，今呈山水联袂之欢。观其四境，绿水青山共色，秀湖奇洞同渊。古道苍苍，遥见帝家车辇；名山郁郁，堪如仙界诗篇。韭山洞中，惊现桃花水母⑤；月明湖畔，忽闻燕雀呢喃。玉溪泛舟，醉瑶池之梦幻；云梯探步，睹仙子于广寒。卧牛湖边，鸟翩飞而弄畦；明皇陵下，人攒动而相牵。狼巷迷谷，沟壑列纵横之交错；摩崖石刻，道释存古朴之渊源。无石不型，囊尽三山之险峻；凡流皆影，载来百世之美谈。更有古八景，入书笺。原生态，当可餐。濠梁观鱼，欣见智谈之乐；谯楼归市，再呈商贸之繁。龙兴晚钟，敲天地之旷美；钓台春涨，约水产之大全。蚌埠珠流，浪淘千古；九华屏障，峰举五原。明陵风雨，洗碑石以怀古；浮桥烟锁，飞鸥鹭以赶鲜。尔乃运棹拏舟，绕芳菲以逐浪；穿林打叶，拾珠露而掬涟。其水哉，虽无银汉之奇，托一境之幽梦；其山哉，不比峨眉之丽，载三春之秀颜。

或曰，天道酬勤，史迹载馨。溯乎凤阳，肥沃之疆，域开莽远；博渊之史，策录鸿钧⑥。古列淮夷，天公来眷；夏为钟离，地脉涌津。汉属淮南，流觞于简册；晋称燕县，立域于淮滨。隋曰濠州，宏开日月；明为府地，广沐天恩。百代衍兴，波涛不减，依旧风轻日朗；千秋更迭，史迹相牵，更着武略文轮。

至于诗意文心，更当典故如云。百姓杂居，有乡邻之和睦；四时共乐，逞礼俗之缤纷。中都皇故城，耸帝陵之威武；改革第一村，收农产之纯真。尔乃尝美食，访名人。朱子⑦立朝，建元"洪武"；崔白作画，工道仙神。骆国忠以智讨贼，陈学孟以诚获勋。平吴克都，有徐达之威猛；自解兵权，乃汤和之稳沉。沈浩驻小岗，巍峨一座丰碑；村民开新路，铭记九天英魂。更有御膳麻油，香飘十里；凤阳花鼓，舞动千村。大包干，带农业以活力；土豆饼，提口味之香醇。

噫，今逢盛世，九概⑧拢祥。当异顺人和，广植桐以引凤；钦承地利，更循胜以铺章。于是雄心立，虎翼张。胆气盛，鹰姿翔。游目骋怀，天戟画山川之卷；雕弓会挽，巨擘⑨指星月之芒。

注：

①创作说明：全文六段。第一段，起，总写凤阳全貌；第二段，承，写凤阳地理位置、交通状况并简要概括其大美风光；第三段，详写其风光景象，将旅游景点作为重点描写对象；第四段，转，写凤阳历史演进；第五段，承，写凤阳人文；第六段，合，点赞凤阳，满怀信心，面向未来。

②隔淮河，望淮上：凤阳北濒淮河与蚌埠市淮上区、五河县相望。

③壤禹会，邻蚌山：匦部和西北部与淮南市大通区、蚌埠市龙子湖区、蚌山区、禹会区接壤，故曰。

④躔：chán，日月星辰的运行。

⑤桃花水母：桃花水母被国家列为世界最高级别的"极危生物"，更有"水中大熊猫"之称，比恐龙还早几亿年。

⑥鸿钧：在《封神演义》中，鸿钧是"大道"的代表，这里代指古老的史册。

⑦朱子：指朱元璋。

⑧概：情况，景象。

⑨擘：bò，大拇指。

中都鼓楼怀古

谢良喜（江苏）

谯楼迥出市廛中，一瞥如临万壑风。
断壁巍巍情共寂，平川漠漠势犹雄。
屠龙客去韶光老，骑鹿人来紫气崇。
此日神州皆乐土，谁凭形胜说兵戎？

卧牛湖春行

戴大海（河南）

韭山禅窟接春湖，百鸟间关动四隅。
鸥下日边浮半壁，磬传云外到中都。
清时偶适林泉兴，胜处谁开水墨图。
最是卧牛知客意，倚天不让一峰孤。

念奴娇·卧牛湖秋晚

罗后长（安徽）

一泓清浪，向南浦、商略平分秋色。欲涤尘襟，寻落日、醺里吴头胜迹。泽映馀辉，牛浮渌水，天地浑金碧。长风回岸，漫翻红雪堆积。

或道老子西行，伴仙君倦返，孤留成客。惜别牛郎，沉碧落、卧对苍龙无息。尽付沧桑，灌缨濯足事，多情眸湿。和衣依石，白云相看鸥翼。

庆春宫·过凤阳明皇陵

薛维敏（新疆）

云暗龙墙，风凄凤廓，古松犹自苍苍。一穴青烟，两行石马，无端陪尽沧桑。幻云消长，亦不老、淮河古桑。云山斜笏，幽水敷霞，终是浮光。

凤阳花鼓铿锵。一段春秋，一段昂藏。日月升沉，心中有主，等闲水复山长。暑寒难废，力稼穑、乾坤担当。有谁思忖，沉寂皇陵，鲜活乡场。

凤阳五咏

刘铁民（辽宁）

改革之乡

小溪河上柳梢青，大地沉沉万户扃。
四十年来霖雨沛，春雷仍与后人听。

花鼓之乡

苦竹悲歌安在哉，云霞极望起楼台。
满城灯火喧阗处，笑指太平花鼓来。

帝王之乡

滄滄长淮绕凤阳，兴宗曾此牧牛羊。
而今百里湖山在，老树无言立夕阳。

石英之乡

自古石英能比玉，从来瑶草不争年。
夐浮潋滟玻璃碧，直上沧溟万里船。

曲艺之乡

谣曲玲珑莫自听，环滁山水不胜情。
吾民真有濠梁乐，翻作敲金戛玉声。

游明皇陵

陈章明（安徽）

山青烟树渺，古道已寻常。
兽冷欺风雨，臣贤忘岁长。
三春陵柏翠，十里菜花黄。
夕照临高冢，犹堪梦帝乡？

游凤阳韭山洞

李根华（安徽）

城南卅里好风光，地理人文一洞藏。
山岳潜形容虎踞，溪潭蓄势待龙翔。
才观浴女云裁被，又见屯兵石作床。
宽处抬头低处让，丈夫能屈始能狂。

「凤阳是个好地方」
全国诗词大赛优秀作品集

水调歌头·凤阳怀古①

翁钦润（广东）

淮右②繁华处，风物盖神京③。浮桥烟锁归楫④，云寺⑤晚钟鸣。雨洗钓台柳色⑥，谁解濠梁鱼乐⑦，此辩古难明⑧。春韭满山径⑨，衰草掩皇陵⑩。

逐元鹿⑪，清海宇⑫，荡纷争⑬。伏藏千古雄主，胜地蕴龙兴⑭。花鼓喧天献瑞，浅唱清歌载舞，丽影袅娉婷。小岗春潮涌，鹏翼下南溟。⑮

注:

①词律依王力《诗词格律》所载，韵依《词林正韵》，平仄依古汉语发音。

②淮右：宋在苏北和江淮设淮南东路和淮南西路，淮南东路又称淮左，淮南西路称淮右。"淮右"就是江淮西部，大致相当于现在的安徽。

③神京：即帝京。

④浮桥烟锁归楫：浮桥，又名临淮浮桥，原位于凤阳县临淮镇北部淮河之上，始建于明洪武六年，今仅存遗迹。为凤阳八景之一。

⑤云寺：这里指龙兴寺，龙兴晚钟亦为凤阳八景之一。

⑥钓台：钓台又称庄惠钓鱼台，位于凤阳县临淮镇南郊老塘湖中，原为濠河边一个高岗。相传庄子和惠子曾于此垂钓，故得名。

⑦濠梁鱼乐：《庄子·秋水篇》记有庄周惠施同游濠梁观鱼事。

一日，两人同游于濠上，只见一群鲦鱼来回游动，悠然自得。庄子曰："鲦鱼出游从容，是鱼之乐也。"惠子曰："子非鱼，安知鱼之乐?"庄子曰："子非我，安知我不知鱼之乐?"后人为纪念庄惠观鱼，傍水建造观鱼台，把濠梁或濠上用来比喻别有会心，自得其乐的境地。

⑧此辩古难明：意谓濠梁之辩自古未曾辩出个结果。

⑨春韭满山径：韭山，位于凤阳县城东南30多公里，山因地暖多产韭菜而得名。韭山有个洞，在山之东麓，出口在西侧半山腰。该洞早在唐代，就已是游览胜地。

⑩皇陵：指朱元璋称帝后在凤阳营建的明皇陵。

⑪元鹿：指元朝的江山社稷。

⑫清海宇：廓清海宇。

⑬荡纷争：荡平纷争。

⑭龙兴：指帝王之兴起，这里指朱元璋从凤阳发端争得天下。

⑮小岗春潮涌，鹏翼下南溟：此句写改革开放，分田到户的春潮从凤阳小岗村兴起，中华民族走上了伟大的复兴之路。

临江仙·丙申初夏重游凤阳有记

宋　伟（安徽）

手鼓摇红记忆，城楼揾满炎凉。东风吹醒帝王乡，柏陵舒锦翼，神道立朝阳。

六百年前故事，重来依旧堂皇。几堆烟柳泻横塘，新荷青未已，佳木正芬芳。

忆小岗村

王天明（河北）

回首梨园四十轮，每教耄耋泪沾巾。
垄边马瘦人如鬼，缸底粮空卯怨寅。
岂可由心随灶冷，拼将播梦把头伸。
荷锄手印休言小，摁出中华万里春。

咏凤阳

陈伯玲（湖南）

依淮名邑势朝东，曙色先开指印红。
溢彩楼高辉夜月，及腰鼓响动春风。
会心贤哲鱼还乐，吊古皇陵气尚雄！
更喜粮仓新景色，城乡掩映碧葱葱。

蝶恋花·游凤阳中都古城遗址感怀

王　勤（安徽）

六百春秋如在目，旧址荒城，一部风云录。天下纷纷争逐鹿，斜阳蔓草惊翻覆。

轻叩青砖心似束，故事摊开，页页残边幅。字里兴亡墙上读，霜弦冷月苔痕绿。

「凤阳是个好地方」
全国诗词大赛优秀作品集

金缕曲·凤阳率先实行大包干四十周年

王澄华（安徽）

郡史泃悠久，古钟离①，地杰人灵，皖山钟秀。一代煌煌洪武业，崛起除污荡朽。怅痼疾，疮痍依旧。②花鼓悲凉歌泣血。旱涝频，鬻子天涯走。乌托境③，哪方有？

红旗猎猎风雷吼。起东山，乾坤旋转，邓公高手。金凤凌霄祥瑞见，食足衣丰人寿。仗群贤，宏图同构。大展经纶兴改革，喜珠还璧合春潮骤。请尽饮，玉盅酒！

注：
①凤阳在春秋时为钟离子国。
②元末朱元璋在故乡濠州（今凤阳）起兵推翻元朝腐朽统治，建立大明。但封建制度依旧，人民苦难依旧。
③乌托境：乌托邦，西人指理想国，即中国之"桃花源"。

中都怀古

王建端（安徽）

九华形胜肇中都，势压平淮接远湖。
襟带东南天地阔，收罗灏气古今殊。
行来草树新颜色，望里河山旧战图。
青史几回成昨忆，空留乱石白云孤。

凤阳印象

宋　伟（安徽）

此去中都兴未央，层楼叠在彩云乡。
才随手印寻真理，又向青砖认帝王。
小岗①精神何灼灼，大明气色倍苍苍。
城头忽遇及腰鼓，依旧深情说凤阳。

注：
①小岗：专有名词，依平水韵"岗"出。

满庭芳·秋登古中都城遗址抒怀

罗后长（安徽）

六百余年，挥间弹指。兴亡今古蒿莱。把经筵酒，登断壁残台。极目长空雁去，秋风紧，荡尽尘埃。凭谁问，悠悠淮水，淘几许雄才。

堪哀。曾记取：皇陵罹难，劫后飞灰。见钟鼓横陈，丹凤徘徊。动地一声霹雳，东山起，盛世重回。先天下，中都子弟，继往复开来。

凤阳颂

陈忠仁（广东）

谯楼望去莽苍苍，自古钟灵蕴此乡。
近水露桃先吐秀，倚山寺院忽乘黄。
钓台百里悬孤月，花鼓千年震四方。
独有小村红手印，至今犹唤暴风扬。

途经凤阳

郑　伟（湖北）

盛世山河想异同，苍茫旧迹夕阳风。
千年贤圣观鱼事，一代君王逐鹿功。
国泰时闻花鼓唱，春深处见树莓红。
兴衰至竟缘何替，都在行人俯仰中。

访小岗村^①

翟红本（河南）

闲云一路意相如，径到小岗风物殊。
手印当年红映日，葡萄^②满架紫连珠。
重楼笑答流光转，美酒频随高客沽。
纪念馆^③前飞燕子，衔来新梦作音符。

注：

①安徽省凤阳县小岗村被称为中国农村改革第一村，1978年，小岗村18位农民冒险在土地承包责任书上按下鲜红手印，实施了"大包干"，创造了"小岗精神"，拉开了中国农村改革开放的序幕。

②葡萄：指小岗村95%以上农户都种植了葡萄，总面积达600亩。

③纪念馆：指大包干纪念馆。

凤阳濠河感咏

翟红本（河南）

钓台①春涨接云根，飞蝶寻来庄惠②痕。
莫问游鱼③心底事，但看垂柳岸边村。
明陵④断碣空风影，花鼓⑤余音满酒樽。
人乐之时谁与乐？趁今梦好跃龙门。

注：

①钓台：指庄惠钓鱼台，位于凤阳县临淮镇南郊老塘湖中，原为濠河边一个高岗，相传庄周和惠施曾于此垂钓，故得名。

②庄惠：指庄周和惠施。

③游鱼：指庄周、惠施同游濠梁观鱼，引发"子非鱼，安知鱼之乐"之"濠梁之辩"。

④明陵：指明皇陵，朱元璋父母的墓地。

⑤花鼓：指凤阳县有"花鼓之乡"之称。

游凤阳 "濠梁观鱼" 有感

陈 春（四川）

寂历池苔老，春波一夜柔。
雨来鳞更细，花漾影逾稠。
最合庄生梦，偏怀吕望钩。
泪多非为水，结网动新愁。

高阳台·咏凤阳

刘凌云（湖南）

翠柳鸣莺，青绦卷浪，花园湖畔垂纶。鱼乐濠梁，钓台水映芳春。韭山洞府何时辟？访仙家，远避烟尘。颂濠州，景列丹青，史列人文。

明皇故里皇陵处，叹雕人锲兽，霸气犹存。曲艺之乡，凤阳花鼓无伦。小岗再续三农梦，领头羊，富庶千村。展蓝图，淮水欢歌，山吐清芬！

临江仙·凤阳吟①

邱道美（广东）

凤舞长天歌未绝，淮河溅玉飞珠。神仙故里帝王都②。一台花鼓戏③，曲尽意何如？

水墨江南多胜迹，无妨共捧琼苏④。凭谁妙笔写邦图⑤？采诗春不老，逐梦醉蓬壶⑥。

注：

①凤阳：安徽省滁州市凤阳县，历史文化名城。

②"神仙"句：凤阳是八仙之一蓝采和与明太祖朱元璋的故里。

③花鼓戏：凤阳曲艺的代表，名满天下。

④琼苏：指美酒。

⑤邦图：邦邑图经。苏轼《夷陵县欧阳永叔至喜堂》诗："清篇留峡洞，醉墨写邦图。"

⑥蓬壶：即蓬莱。

游凤阳韭山洞

张　永（安徽）

礮磋云封洞壑幽，沧波碧影塑轻柔。
巉岩窈宕随形变，玉髓潺湲漱石流。
绿韭乘风浮野趣，苍松滴翠逼青眸。
闲心静穆尘音澹，赚得逍遥一日游。

浣溪沙·风骚凤阳

李广宁（广西）

一曲新词许凤阳，几声花鼓又思量。风骚赋予少年郎。
我是潮儿不是客，知身责任重担当。紫霞羞涩落轩窗。

过凤阳有怀

叶兆辉（重庆）

观鱼濠上至今传，拔地峰峦直刺天。
缥缈仙风来远古，巍峨城阙绕寒烟。
舟横野渡秋光澹，影落澄波斜日悬。
胜雪白翎云外骜，霞随花鼓舞翩跹。

濠梁观鱼

衡泽贤（安徽）

千里烟波撼古城，老塘湖阔鸟飞惊。
无边蒲苇连山翠，满岸垂杨入水明。
自在游鱼谁可数，悲欢心绪未分清。
欲将先哲重扶起，听取当初论辩声。

登凤阳九华山

田益全（安徽）

绝顶披襟晓雾开，蒸蒸气象入眸来。
紫霞半落松风岭，翠鸟群翔云水隈。
古刹梵声如幻梦，新城楼影若瑶台。
明朝更着生花笔，画意诗情任剪裁。

题凤阳"大包干"纪念馆

叶子金（湖北）

公元一九七八年的一个冬夜,凤阳县小岗村十八位农民秘密聚会,在"大包干"誓约上按下手印,分田到户。中国农村改革序幕由此拉开。新落成的"大包干纪念馆",生动再现了帝乡儿女断腕求变的光辉历程。是为记。

梁上余音接海潮，画廊信是飓风雕。

图新每仗犁锄力，论赏何分黑白猫。

一十八枚红手印，三千万里阜财谣①。

濠鱼②此日多新典，留与诗家细细敲。

注：

①阜财谣：指歌颂天下富足之歌谣。典出《南风歌》："南风之时兮，可以阜吾民之财兮。"

②濠鱼：庄子濠梁观鱼之典。濠水，今凤阳县境内。

咏凤阳

李林桔（广东）

锦绣淮南气未央，钟灵自古帝王乡。
山川犹带风云色，草木遥分日月光。
万里乾坤归浩荡，满城桃李正芬芳。
欣逢海晏河清世，一片阳春照凤阳。

大明中都巡礼

郭凤林（河北）

底事钟离变凤阳？汉家藉此正乾纲。
旌旗百万安宗社，子弟三千挑大梁。
前辈英风诚卓异，后人胆气也非常。
富民国策功成日，花鼓悠悠唱小岗。

游凤阳小岗村感怀

吴艳芳（河南）

叠锦流霞浣雨晴，春风又沐凤阳城。
纵怀六百帝王气，不及今朝十八旌。

咏凤阳县

张树路（山东）

毓秀钟灵龙虎藏，斯乡本是帝王乡。
云中闻鹤成仙子①，濠上观鱼辩惠庄。
谁按当年红手印，我书今日绿华章。
淮河珠灿名邦韵，花鼓一声唱凤阳。

注:
①凤阳是蓝采和成仙之地，蓝采和闻空中飞鹤笙箫，成仙而去。

登凤阳独山

孙从海（安徽）

独山一望柳丝暖，渐悔来时著厚衣。
西涧古桥辨古字，东畦新韭盼新肥。
龙兴寺隐钟声远，观象台残白鹭飞。
风起欲归寻去路，凭谁高处识天机。

鼓　楼

衡泽贤（安徽）

六百年来矗此楼，纷繁已共白云悠。
气吞霄汉睨三楚，势压江淮冠九州。
台上烽尘无处觅，础旁过客几时休。
登临未必悲华发，极目东山碧水流。

题卧牛湖

黄朝晖（安徽）

俗世劳神久，常思山水寻。
不知山态度，先与水交心。
水净三秋树，山闲一抹云。
欲停无好咏，洒墨寄丹青。

游禅窟寺景区

陈维昌（湖南）

寺隐奇山秀水间，东坡一笔尚飞丹。
摩崖伫看龙蛇起，顿觉沧桑剑气寒。

[凤阳是个好地方]
全国诗词大赛优秀作品集

咏凤阳八景之七·明陵风雨

罗后长（安徽）

秋染皇陵草色枯，松迎风雨入清图。
残碑犹记当时事，古道曾行隔代儒。
狮马横陈姿欲卧，将兵侍列剑还扶。
兴龙总堇能千古，岂有王孙再姓朱。

谒粟山老母庙

王荣华（安徽）

圣母归来不去兮，此山尊贵彼山低。
千松风动招龙虎，万石潜形走野鸡。
紫气初凝生太祖，空灵一脉上天梯。
春寒时节朝金顶，大有之年看凤西。

题禅窟寺

钟 宇（江西）

禅林瓦落汉时霜，谁坐桃园石未凉。
欲脱红尘六根净，小僧参到老苍苍。

登明中都古楼

王法贵（安徽）

文化名城觅胜游，登临好上古谯楼。
层檐百尺清风聚，栋宇三重丽日浮。
郭外皇陵供眺望，庭中碧草任勾留。
帝王遗墨①堪磨洗，高挂城门壮九州。

注：

①帝王遗墨：指朱元璋所题"万世根本"四个大字，至今仍然悬挂于城门。

02

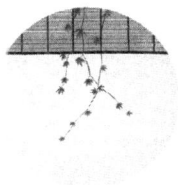

宫商叠韵

吟凤阳

三健红（广东）

宝地英贤从未消，朱明挺直汉家腰。
募兵故里驱胡虏，策马荒原射大雕。
九域雀悲怨冬夜，一村凤舞唤春潮。
帝王已去民犹在，花鼓余音动碧霄。

花园湖

衡泽贤（安徽）

薄雾疑山远，荷香一岸囤。
蛙声频入耳，水色总连门。
最爱小鲜辣，原知野酒浑。
若无尘事累，筑室在邻村。

明陵风雨

衡泽贤（安徽）

烟雨明陵六百年，依然高耸入云天。
清溪缠玉新妆巧，老树添苍古画妍。
默诵碑文知孝重，怅扶翁仲叹时迁。
四周卫所今何在，满目春风吹麦田。

九华屏障

李玉洋（河南）

烂漫春来抱九华，满城景色客争夸。
岫光壑汽涵灵气，云影山姿浮落霞。
铺地花香牵古韵，润心好梦动天涯。
回眸屏障化新意，明月清风入万家。

高阳台·凤阳明中都城游①

张　勇（安徽）

沧海沉浮，成王败寇，红尘演绎风流。明祖何寻，中都遗迹濠州。残垣断阙斜阳外，见几番、雨断云收。叹繁华，易逝流年，数百春秋。

石人俑马陵前守，却皇家龙脉，风水难留。古刹犹闻，晨钟暮鼓悠悠。金戈铁骥今安在？固河山、我辈方遒。吊先朝，知史明心，故里神游。

注：
①谱依龙榆生《唐宋词格律》。

小岗村感赋四韵

黄剑平（内蒙古）

当年一纸万年藏，小岗何曾负帝乡。
联手耦耕非沮溺，托孤身赴远刘郎。
和风垄上催新绿，细雨田中裹嫩黄。
四海惊看秋实美，汗青星斗焕文章。

游龙兴寺

邱启永（山东）

千年宝刹矗峰头，凤岭钟声万岁留。
法相庄严能醒客，甘泉清冽可销愁。
烟云绕殿呈安谧，林鸟听经享自由。
槐下残碑忆兴废，梵音袅袅月明楼。

忆旧游 · 濠梁月夜

邱　明（福建）

觅逍遥古意，独立濠梁，思绪无涯。皓月穿桥孔，有阑珊渔火，老树啼鸦。惠庄趣说鱼我，机敏辩辞佳。证道异归同，仁山智水，邈邈兼葭。

迢迢，大鹏去，看万里云舒，天汉浮槎。借得银河水，化濠州春雨，漫洒霓霞。笑声巷陌深处，莫问是谁家。爱静坐摩崖，红炉小火烹绿茶。

离亭燕 · 花鼓今昔

吴承曙（上海）

敲起手中花鼓，边唱边行边舞。一路悲歌千百里，调属当年洪武。十载九年荒，难诉凤阳人苦。

改革带头致富，迈出小康脚步。放眼家园飞彩凤，不再过州穿府。鼓点奏欢声，高唱富强新谱。

凤阳龙兴寺

吴海晶（河南）

日精峰下蛰龙翔，兴废难销帝瑞光。
礼佛金身三宝殿，镇妖法座四天王。
幸存宫镬铜躯绿，重树山碑御笔苍。
卧鹳老槐花吐穗，晚钟绕柱过红墙。

凤阳行吟

郑丙罗（河北）

花鼓敲来道凤阳，钟离故郡帝王乡。
山川胜迹繁星灿，俊彦遗声碧水长。
濠上观鱼消俗念，馆前①驻足慨荣光。
经行处处争先气，直欲九重天外扬。

注：
　①馆前：指小岗村大包干纪念馆、沈浩陈列馆。

临江仙 · 赞凤阳

袁人瑞（上海）

扫荡群雄归一统，神疆日月齐明。传奇天子识民情。长淮灵杰地，佳气助龙兴。

血样斑斑留手印，同倾肝胆求生。农村改革作尖兵。铿锵花鼓响，春满凤阳城。

行香子 · 韭山洞

张翠珍（安徽）

地貌天然，野韭蓊滩。好风光，水月一潭。清流碧影，鳞浪逐欢。惊谷之深，道之险，石之斑。

水经有记，骚客常谈。任逍遥，虎踞龙蟠。恢宏朴野，静对青峦。有海之怀，壑之趣，林之涵。

沁园春 · 说凤阳

孟　琼（安徽）

古邑中都，东扼徐淮，西顾荆襄。看皇陵遗迹，尘埋断瓦；浮桥烟雨，履印残墙。历代朝廷，帝王将相，百载风云意未央。听花鼓，更凄声哀怨，渡口流殇。

三千岁月沧桑，喜一纸裁开锦绣章①。赞龙腾小岗，频传佳绩；凤翔九域，再领头羊。鱼乐濠梁，舟行幽谷，物阜民丰国运昌。期明日，为复兴嘉梦，共赴康庄。

注：

①一纸裁开锦绣章：1978年冬夜，小岗人敢为天下先，签定生死契约，18颗鲜红手印掀起农村改革巨潮。2004年沈浩接起推潮使命，担任第一书记，打破了小岗村20多年的困局。

行香子·狼巷迷谷

李兆海（河南）

　　怀古山前，寻趣溪边。影参差、心自超然。游鱼浅戏，吟鸟轻喧。喜岚相绕，崖相峙，壑相连。

　　苔生溶洞，钟鸣禅寺，久迷离、幻觉无端。千姿斗巧，万类争妍。乃梦中诗，诗中画，画中天。

小岗村即兴

祁寿星（江苏）

　　当年改革撼乾坤，不日春风入小村。
　　老树萌苏云雀闹，冰河解冻鲤鱼奔。
　　千家共奏和谐曲，万众同谋幸福园。
　　更喜而今逢盛世，犹疑胜境似桃源。

游韭山国家森林公园

陈　越（广东）

林木葱茏气象幽，无穷山色豁双眸。
烟迷宝洞①嚣尘隔，客倚澄湖②俗虑收。
石怪云深皆胜景，心宽意爽即清游。
名区风物撩人甚，恨不余生向此留。

注:
①宝洞：指韭山洞。
②澄湖：指卧牛湖。

次韵朝晖兄题卧牛湖

孙从海（安徽）

久锁红尘累，何当界外寻。
三山能醒酒，一水可安心。
问水千声后，借山半片云。
悠然春梦杳，书案对灯青。

凤　阳

王宇强（湖南）

淮濠河碧映飞鸿，满目苍山立画屏。
古洞游息能梦笔[1]，老塘坐钓忘收绳[2]。
谁敲小镇双条鼓[3]，我悟深林万代钟[4]。
每在中都城下望，青芜未没帝王踪。[5]

注：

①古洞：指当地景点，唐代已是旅游胜地的韭山石洞。韭山仙境是凤阳八景之一。游息：游玩与休憩。卢照邻《释疾文·悲夫》："出户庭兮游息，千万里兮无极。"梦笔：典出"梦笔生花"。

②老塘：指当地老塘湖。坐钓：典出"严子陵坐钓"。忘收绳：意无功利之心，亦指景色太美而陶醉忘机。坐钓忘收绳，也可理解为"姜子牙钓鱼，愿者上钩"典。

③小镇双条鼓：指燃灯、小溪河等乡镇的凤阳民俗凤阳花鼓（又名双条鼓）。

④万代钟：指凤阳八景之一的龙兴（寺）晚钟。

⑤每在中都城下望，青芜未没帝王踪：一意怀古；二意凤阳旅游资源保护到位。

行香子·卧牛湖

赵文华（辽宁）

山水归真，莺燕相亲。风儿乍、花雨缤纷。一湖竹影①，万顷云痕。好荡春波，撩诗兴，爽心神。

参差绿韵，绝了嚣尘。恁逍遥、清气微醺。遐思几缕，幻化轻吟。喜望生情，游怡性，卧销魂。

注：

①竹影：卧牛湖中有竹岛。

行香子·凤阳是个好地方

吕小明（安徽）

　　凤画舒颜，花鼓翩跹。老庄周、此论鱼欢。高标青史，频出真贤。有崔宗师，朱皇帝，许神仙①。

　　盛世春回，好梦新编。小岗村、手印红鲜。中都宝地，胜侣留连。看卧牛湖，韭山洞，树莓天。

注：

①许神仙：指蓝采和，元代杂剧中说他姓许名坚。

咏凤阳花鼓

廖国华（湖北）

轻敲小鼓缓敲锣，按拍莲湘鸣玉珂。
折扇巧翻花剪剪，唱词互动笑多多。
情倾乡土增甜美，舞动江流起浪波。
切嚓声中人似醉，漫哼一曲凤阳歌。

游凤阳韭山洞

邓世广（新疆）

未悔轻装弃剑行，阴森深处笑虚惊。
长吟引得杀声起，始信曾屯十万兵。

行香子·赞"石英之乡"

张春桂（湖南）

凿自青山，运入家园。看奇形，貌带风烟。雕成玉玺，琢就朱丸。具簪之靓，簪之艳，印之冠。

连城价格，可换山川。自晶莹，制作高端。红男意恋，绿女魂牵。蕴情人念，佳人韵，丽人颜。

凤阳精神

张 凯（河南）

日月双悬久作尘，高皇故里愈传神。
若非造化钟龙脉，何遇风云出杰人？
包产先行方见胆，托孤轻死不甘贫。
惊雷已唤神州醒，独领潮流天下春。

访凤阳鼓楼

邓世广（新疆）

酒醒渐知名利轻，东行时遇好风迎。
楼前静候中都鼓，听取神州第一声。

行香子·禅窟寺

张翠珍（安徽）

窟里从容，窟外空濛。傍巉岩、峭壁凌风。三峰浮玉，仙迹游踪。看品之高，意之远，境之崇。

千年佛洞，百世流融。顿悟亭，势若飞龙。化度因缘，问道苍穹。叹禅之深，窟之美，寺之雄。

凤阳明皇陵

邓世广（新疆）

寻茔未见此陵门，山水长铭父母恩。
纵信朱明多暴主，光宗毕竟好儿孙。

诗赞安科

鲁善彩（安徽）

安科美丽甚多情，正值清明将客迎。
院内花开红灼灼，池边柳发叶青青。
飏吹淑气行香远，翠映琼楼照眼明。
纵是春光无限好，满园桃李最芳馨。

临江仙·鼓楼往事

王　勤（安徽）

"万世根本"犹在①，王朝遗失舆图。恍然有泪落中都。时空相错落，难抵梦之初。

故事高悬城垛，缘何细节难书？存些疑问后人梳。流光颜色冷，世事半模糊。

注：

①鼓楼上方有朱元璋亲书的"万世根本"四个楷书大字。

鹧鸪天·凤阳赞歌

杨保锋（安徽）

人杰地灵花鼓乡，新风古韵自流长。
知鱼乐否濠梁辩，翥凤清兮改革彰。
承厚脉，谱荣光，浩然正气吐忠肠。
燃情撸袖加油干，更作先锋奔小康。

行香子·赞"改革之乡"

张春桂（湖南）

改革情浓，百业兴隆。展襟怀，气贯长虹。田园首创，举国成风。使民心顺，乡风正，世风融。

凡人善举，感动苍穹。看黎民，速脱贫穷。心存绮梦，步履高功。教家常富，仓常满，食常丰。

小岗村

郑付启（河南）

绿水青山枉自多，帝王雄武又如何。
惊呼昔日盐碱地，感叹今天幸福窝。
追梦麦田铺翠毯，经心手印谱华歌。
启航路上千帆竞，破浪乘风涉大河。

鹧鸪天·为小岗村人点赞

王澄华（安徽）

乌托邦掀怪"五风"，"天堂"梦断大呼隆。
野横饿殍哀鸿泣，犹唱旗飘三面红！
砸大灶，破牢笼。谁言泥腿不英雄？
鲜红指印辉青史，共创和谐不世功！

行香子·凤阳吟

朱海清（湖南）

风和帝乡，日丽画廊。吟斯处、景醉心房。观山赏水，溢彩流光。更花儿灿，鱼儿跃，鸟儿翔。

腾飞古县，超越盛唐。喜今朝、满目芬芳。诗歌花鼓，曲颂小岗。听楚之辞，汉之韵，宋之章。

行香子·游凤阳

朱广平（江苏）

作客钟离，闲步濠梁，望农村改革之乡。稻黄金浪，禾绿千行。有鸟歌鸣，花香艳，果喷香。

韭山仙境，明陵风雨，历史文化蕴深长。凤凰山隽，古寺深藏。且花鼓响，凤画美，树莓王。

濠上偶成

常道淮（安徽）

庄惠高谈玄妙藏，千秋寂寞叹濠梁。
醉来观罢鲦鱼舞，解得禅机卧草堂。

临江仙·咏凤阳

张 勇（安徽）

自古神州灵秀地，名源丹凤朝阳。藏龙卧虎帝王乡，有山称第一，花鼓赞无双。

水旱蝗灾曾肆虐，人间历尽沧桑。敢将手印史留芳，为穷思变革，开放续辉煌。

菩萨蛮·参观大王府新农村有感

胡开棣（安徽）

贫穷落后逾千载，今朝欣喜三农改。绿树掩新居，香车列社区。当年低产地，科技创奇迹。遍野大棚屋，育成锦绣图。

留　任

章国保（安徽）

鲜红手印寄情深，百姓尤需领路人。
土地承包匡有谷，楼房建筑尚无金。
雄图美景凭椽笔，破浪扬帆赖核心。
瞩望殷殷君不负，一腔热血报斯民。

注：

　　2004年2月，沈浩被选派到小岗村担任党委第一书记。三年，他从"城里人"变成了"村里人"。当他第一个任期将满时，村民们自发按手印把他留在了村里。2008年9月30日，胡锦涛总书记到小岗村考察时，鼓励沈浩说。"群众拥护你，这是对你最大的褒奖"。

于飞乐·凤阳小岗村承包到户之决定

张石醒（海南）

已乐融融，凤阳改革堪崇。欢呼小岗情浓。忆当年，饥馑日、思脱贫穷。谈何容易，你可知、阻力重重。

莫徘徊、前行无路，人们何去何从？看满村愁脸，有哪个轻松？当机立断，按手印、告别严冬！

凤阳明鼓楼

朱希华（安徽）

飞檐凌空气自豪，楼台耸立势未消。
纵有胡番毁汉脉，依然华夏姓舜尧。

雪中过新城广场，见朱元璋塑像因题

常道淮（安徽）

前朝压我竹枝低，最爱春娃着素衣。
信手拈来新弄絮，欲迎红日已忘机。

浣溪沙·中都

邓　婷（北京）

龙兴中都遗旧颜，空留往事忆前缘。小岗青史谱宏篇。
花鼓敲开文锦绣，卅年开放舞翩跹。喜逢盛世更扬鞭。

凤阳是个好地方

葛 岩（安徽）

淮河岸畔帝王乡，水绿山青相映长。
八处奇观成遗迹，九尾神鸟入明堂。
狼谷狭突游人醉，韭洞幽深龙虎藏。
改革铸成中国梦，文明共建展辉煌。

捣练子·小岗村

郑付启（河南）

心想往，胆开张。脚步铿锵乐未央。冲破藩篱谋嬗变，敢凭手印著华章。

凤阳赋

张树虎（安徽）

淮水泱泱，钟离霸王；庄惠观鱼，思辩濠梁。
红巾义举，颍上元璋；大明治隆，源肇凤阳。
濠水千古，源远流长；低吟清唱，娓述辉煌。
龙兴晚钟，清越悠扬；沉鸣洪亢，透传悠长。
鼓楼雄壮，硕鼓两厢；声隆激昂，遒劲力量。
际会风云，世事苍茫；风物欣荣，蒸蒸日上。
中都城央，青砖厚壮；苍拙陈迹，恢弘气象。
悠悠古韵，迤逦绵长；扶摇直上，盛世荣光。
水天一色，钓台春涨；峰秀莲花，九华屏障。
烟锁浮桥，千帆竞扬；明陵风雨，龙脉兴旺。
蕤蕤韭山，青丝披裳；泠泠溶洞，仙境飞扬。
曲曲狼巷，百转惚恍；幽幽迷谷，野趣激荡。
郁郁苍苍，层峦叠嶂；苍苍茫茫，青野芬芳。
农村改革，创新发祥；沈浩精神，感佩弘扬。
旗帜高昂，显扬八方；红色光芒，须看小岗。
文化凤阳，气韵飞扬；文苑群芳，异彩艳放。
明起遗迹，伫视即望；古雅气息，盈盈飘荡。
花鼓秀丽，鼓点铿锵；彩凤鸣翔，弥漫祺祥。
博物馆内，奇珍异藏；图书馆里，氤氲书香。
大剧院场，文艺馨放；乡俗民乐，音律酣畅。

生态自然，绿意盎漾；举目远望，碧空朗朗。
首创精神，百世流芳；砥砺前行，溢彩华章。
长河茫茫，风雨沧桑；筚路蓝缕，明媚春光。
古城凤阳，活力激扬；青春靓影，抒写华章。
崭新凤阳，蓄势昂扬；劈波斩浪，续铸辉煌。
丹凤朝阳，多彩鼓乡；魅力凤阳，龙凤呈祥！

念奴娇 · 黄湾颂

刘义军（安徽）

淮水南岸，黄家湾，千里淮河一滩。花园湖畔，有道是、风景这边好看。稻花飘香，杨柳参天，鱼肥虾更鲜。江山如画，四季风光无限。

湾人自古勤匏，手工制千张，百里名传。耕田打渔，做家具、巧手赛过鲁班。治淮工程，改地又换天，根治水患。实现夙愿，人民幸福美满。

钟楼赋

张树虎（安徽）

廿一新纪，岁在次酉，时维季秋孟冬之交。仰玉宇，碧空澄澈，乾元朗朗；望神州，海晏河清，时和岁丰。大明故里，繁华盛景。适此佳际，帝乡凤阳，缮中都故城以彰古之恢弘；复钟楼英姿以称规制盛隆。

夫钟楼者，峨而巍然，宏阔伟岸；负扆之魂，文昌兴象。承威仪，雄构台基；赓文运，恭铸大吕。晨则钟，钟警梦醒；暮则鼓，鼓觉心悟。登楼环顾，东眺旧城，西俯新区，南衔如意，北倚凤凰。观之气象，倚山峦之势，掠秀水之丽，凭向阳之亢，汲日月之华，可谓撷据地利之优也。

于此，不著文无以称其雄，不镌刊无以宏其盛。然，昔有宋公景濂为其颂，今有志士复其容，继复有效法宋公者，如斯，不亦幸甚也哉？是故，仆不揣鄙薄冒昧，续之狗尾，冀以钝笔赋之，试志胜景，以鸣盛世，又恐才力不济，亦未知其愿能否得偿耶？诚惶之至！

赋曰：

乾坤苍茫，文肇春方；古有神鸟，名曰凤凰。

凤栖山阳，丹凤朝阳；太祖元璋，御名凤阳。

山峦壮丽，日月环向；亘绵国运，天祚煌煌。

洪武二年，诏征举邦；钦为中都，宏建梓桑。

中都城央，恢弘气象；英华聚萃，盛鼎荣光。

主辅偶对，规制甚罡；晨钟暮鼓，威仪八荒。
巍巍钟楼，大吕悬梁；警晨悟梦，笃志饬纲。
悠悠清音，沉鸣远扬；天地正音，为民禳殃。
昔有景濂，颂盛集祥；今有志士，薪续文昌。
东城焕颜，西城霓裳；复缮中都，云霄牵双。
壮哉钟楼，豪气万丈；北倚凤凰，如意南傍。
东汜熹微，躬熠金光；凭栏环顾，屋宇渺茫。
淮濠之甸，瑞溢沃壤；登眺遐思，远迈汉唐。
钟灵毓秀，凤集鸾翔；灵音澈云，熙怡同享。
美哉钟楼，重檐飞宕；椽角翘昂，白鹤翅亮。
文绣镂饰，画栋雕梁；古雅氤氲，文韵厚藏。
鎏光塑彩，炫灿焕亮；凤衔青绿，融酝弥芳。
物华天宝，饶稔鼓乡；和鸣锵锵，龙凤呈祥。
壮美斯楼，英姿雄壮；循陈而立，复呈沧桑。
驰骏策蹄，骈成两厢；钟鼓相应，峨然遥望。
硕鼓阗阗，金钟浑亢；朝浴曦晖，暮映霞光。
钟昭盛世，楼著辉煌；钟鼓喤喤，帝乡永昌！

凤阳新钟颂

李明科（安徽）

　　钟离旧国，洪武中都。龙起长淮之地，凤衔明月之珠。敕建钟鼓二楼，史载明肇之初。飞檐相望，气象尤殊。乃铸大钟，势冠一国，声达九重。乃享礼三牲而穆穆，文宪一颂以雍雍。明季火起，钟楼遂废，巨镛难觅。逮至今朝，九州丰赡，百物和美。于是乃襄大计，重建钟楼，弘扬文萃。斯钟楼也，规模形体，悉遵旧制，岿然乎其故址。复铸巨镛，悬于其上。于是云楼相称，钟鼓和声，融融穆穆，郁郁蒸蒸。昔日景致，气象重生。余乃作文以颂之。颂曰：

　　　　昊天唯德，爰施无极。民受其泽，乃生乃息。
　　　　钟离之国，淮水其侧。灵山莘莘，旋展凤翼。
　　　　龙藏斯地，飞辞故里。皇业攸既，中都遂起。
　　　　为定众志，威德是绥。钟鼓楼峙，吞吐灵气。
　　　　乃铸大钟，摩荡苍穹。时乱汹汹，阒然无踪。
　　　　新纪和融，至化元通。中都昭荣，起凤腾龙。
　　　　唯天之清，昭示文明。倬彼元精，烨烨其城。
　　　　鸿图既成，凤衔美珩。钟楼云横，气象重生。
　　　　新楼架构，悉遵其旧。复耸淮右，气贯牛斗。
　　　　辟地千亩，广场乃就。碧池映秀，华灯夺昼。
　　　　巨镛煌煌，重铸斯乡。凤翥龙翔，咸假其光。
　　　　声起濠梁，金振攸方。圆通祯祥，调阴和阳。

律吕清正，洵颂美政。陶情修性，乃恭乃敬。

钟鼓楼影，昏旦交映。日煊月静，皆成妙境。

乃聚黎元，载笑载言。花鼓盈天，歌乐永年。

惕惕乾乾，唯祈梦圆。气象万千，厥功斯镌。

中都城重铸景钟铭

蒋红岩（辽宁）

岁余丁酉，凤阳钟楼重建，街区臻乎至美，城池著以佳构；开市商客云集，淮上人烟辐辏。缤纷花鼓如龙，旖旎雕梁似锦，风物泰然，江山如是，自以中都为傲也。山有灵犀，凤凰展翅；水含秀媚，如意飞桨。东巡旧巷，渐生卑陬之思；西顾新城，撷取云霄之廊。诗落珠玑，凤翥而霞生五彩；文卷波澜，龙腾而钟震八方。周以德绥，琴瑟传礼；明以武备，钟鼓示强。景濂广博，轻挥椽笔，奏钧天以志颂；云卿遑遽，勉承雅意，涂小赋而成章。文曰：

凤衔如意，汇入浩沧；钟离古郡，文化绵长。

濠梁高论，莫笑惠庄。浮桥漕运，器欲难量。

龙兴古刹，一代君王。韭山洞府，玉乳滴觞。

谯楼檀板，花鼓之乡。明陵肃穆，石像列装。

九华浮碧，屺比昆冈。钓台白鹭，紫燕颉颃。

帝里楼竣，画栋雕梁。景钟巨制，彬蔚煌煌。

八音所属，引领宫商。悬空溢彩，莲裙缀裳。

玲珑闺闼，峥嵘葆光。淡沱天籁，心向远方。

铸颜纯懿，璀错琳琅。或有佳人，轸念芸窗。
陟遐才俊，齐筑城邦。执槌一击，铮钹悠扬。
山川虔敬，社稷荣昌。礼乐重器，声自昭彰。
鹰旋空谷，原驰骍骦。炎黄嗣胤，苦炼时光。
明宫古庙，帆影花墙。骚人迷醉，雅士痴狂。
风拂翠柳，月映澄塘；菊泉莎阪，皆是诗行。
美轮美奂，黎庶安康。獬豸为御，蕙芷含芳。
中华梦美，鸿鹄遨翔。蓝图绘就，打造凤阳。
园林街路，规划有方。古城新韵，共赴小康。
斟酌今古，思绪翻江。文瞻屈宋，心慕老庄。
禅灯篱院，浏览缥缃。五行释义，八卦珍藏。
金钟再造，动我心房。欣然命笔，绝弃尘鞅。
才疏情悦，意气昂扬。雍容铸器，盛世平章。

03

山
水
交
响

在凤阳，和时间的对话（组诗）

雨　然(四川)

泅入岁月的鱼群

把水底和石头分清
俗世和濠水不过在一念之间
就把影子拓出你的模样
三月油菜花开，四月梧桐细雨
你不断地从尘世分辨出自己
才挥一挥衣袖，把晴空和远山释放
才把秋水绵延的万里
和鲲鹏衔接在历史的某个交叉点

这些鱼群溅落宣纸，成为中国画
这座小桥毛起满月，闲话江南
竹枝漏出的阳光，细碎而致密
这条尾巴落在夕阳之下
这对眼角膜览尽一江春水
从惠子的嘴里蹦出春秋大义
又在庄子的笔尖化作蝴蝶

这些浮泛的肉体，轻逸灵动

别上凤阳花鼓
它们在月光下黏在一起
又在风云交汇时，慢慢扩散
一高一低，一唱一和
才谱写了这段唯美的历史

撒在腰间的日子

唱不完那段苦难的记忆
鼓面上滚落的台词和泪水
和风化的城头石一样
成为丹青上，有些陈旧的记忆
他的裤管上还有少许的
凤阳的泥土，和乡音一样
总是给人怅惘和遐想

卧牛湖的晚霞穷追不舍
才把他马靴的鞋底磨穿
赶上那场风云际会
坐拥江山万里，只是
为了在中都鼓楼上
看夜色中的她，回眸一笑

只有声嘶力竭
才能把那荡气回肠的韵味
流传至今。古井的月光
逐渐扩散，才照亮了
这些尘世间飒爽的影子
和花鼓灯上这些绽开的日子

在凤阳

踏过临淮浮桥，这些重力足以托起
我对一片土地的想象，以及数百年来
那支浩浩荡荡出发的队伍
翻开史书的一页，或就着一碗茶水
在龙兴晚钟渐次传开的瞬间
看一尾游入时光的鱼，和他的晓梦一起
陷入明陵和蔓草的细雨不可自拔

谁的衣袂扫去了韭山的云雾飘渺
谁的长剑挑破九华屏障剑指江山
又是谁提着一尾梅鱼，破门而入
把藤茶里的春秋，无数次念叨
竹尖上的晚风，才摩挲着屋顶的瓦片
把细碎的时光娓娓道来

这些负重的尘埃，并不以负重的方式
来解读凤阳鼓楼里的风雨
只是把檐角藏在一抹烟云里
任凭时光的洗礼，依然保持着独立的性格
像凤凰山一样顶天立地
像这片土地一样给人遐想

凤阳：不朽的光芒直抵（组诗）

凹　凸(江西)

凤阳：撸起袖子的豪情

一

远远望去，凤阳像挽起了草木的翅膀，奔跑了起来
这剩下的并安静下来的房屋与穿梭的大道
我能感受到她践行十二五、十三五的凤阳速度

不息的车流被交警号上脉搏，整齐的高楼直刺苍穹
一座座房屋的现代感跃然眼前……
从基础设施的建设到绿化、美化……这一个个步伐
收获着超绝和完美，过眼云烟的时间也不可替代

二

此刻，我必须像磨砺诗情一样，细心地去感受凤阳
她建设中的步伐，房屋、街道、公园、广场……
正一滴滴一毫毫地，恰似打开凤阳所有幸福的乐器
甚至这光阴之剑的凌厉，都是虚的
生活与梦想在这延伸，我看见凤阳落地有声的爱
像一丝喜悦、一种磅礴，被一页一页地掀起，阅读

三

梦想是一门手艺。在这，徜徉于凤阳的一条条大街
中都大道、长安街、东华路、西华路、凤翔大道……
五光十色的霓虹灯下，一座县城的神秘和繁荣
正生动地诠释着她推进城市特色化的大手笔
时间一天天旧了下去，而生活的激情仍是那么崭新

当我走进这片凤阳人智慧和心血托起的土地，我
那飞扬在风尘里小心安放的，是一颗兴奋不已的心
低矮的平房变成了风格鲜明而又具现代气息的建筑
狭长的小道变成了平直宽阔而又具文化内涵的道路
还有远远近近的街巷，仿佛在等待命运的安排
沿着下午的晃、夜晚的爱，走近了团圆和粗茶淡饭

走在日新月异的凤阳，承受过去和延续可能的未来
每一个踏开的脚步都是我写给她的情书
没有驿站，没有落日的邮戳，学会这光阴的磨砺
我剔除了焦躁不安，为这献出我全部的欣喜与汗水

禅窟寺：自有境界

可以肯定，一座寺与佛祖完美契合时，我渴望拥有
禅窟寺不肯打盹的神思
把草木练得像一个个信众的虔诚，或像一门手艺
就像凤阳百姓放下了平整的日子与露水一样的前程

瞬间——佛祖文化和灵秀风光彻底燃烧，直抵心窝
我容易怀着激动的血液
去感受禅窟寺……俘虏我的那种超绝和完美
多少时光追随香火，推进禅窟寺所有的情节与感动

爱交出了爱，灵魂更重了
日月星辰便在禅窟寺膜拜一种叙述，于暗藏的衣袖
膜拜成心尖上的祈祷与祝福

一座寺庙的佛韵被长久地弥漫，每一个走在这的人
瞬间就四分五裂，仿佛都有一种心灵的皈依与停靠

卧牛湖：不可名状的美

这是多么令人神往，清澈的湖俨然一幅山水的画卷
一座湖即便再忙，也会将危险中的美一一呈现出来
像灵魂抓住了肉身，或像唱针在唱片上奋勇地奔跑

喧嚣远去，美不胜收。每一声鸟鸣在这是如此清脆
每一滴水湛蓝地被轻轻滑开，仿佛都能长出翅膀来
我想：没有一滴水比在卧牛湖更有魅力更让人妒忌
内心藏着蓝天和草木欲滴的绿
每一滴水辽阔的价值连城，就连涟漪都荡得那么销魂

清风破碎于此，一座湖瞬间就拥有蓝天白云的高度
若神仙到此，看到这天然的秘境，都会惊叹作和声

凤阳藤茶：品出幸福

像所有水都参与的一次掌声，你想象一枚茶的出场
让灵魂沿着清风散开，远天的乡愁从思念下来
这汹涌澎湃的，好像一条河藏于古老而迷人的芬芳
众多的沙砾、花朵……前赴后继
一粒接一粒，一朵挨一朵，像朝觐的队伍俯下起伏

在凤阳，品藤茶

无非是一滴清水打湿了百姓茶余饭后所调侃的苦乐
无非是一缕清风把大街小巷铺成一面
无非是一轮明月躺下了凤阳山水深处陶醉的芬芳
我想，一个人胸中定是珍藏了明月与草尖上的雨露
让凤阳藤茶匍匐于日月的叙述

一枚茶被长久地弥漫，阳光般纯粹，星光一样梦幻
直至雨露磕碰月光，风打动门窗，接过茶香的奔跑

说凤阳，道凤阳，还不如画凤阳

仿佛提笔，饱蘸一滴淮河的水，一幅典型的中国画
瞬间泼墨而出
画出她的街巷风情和草木洗亮的蓝天
一个人对凤阳的风华和奇绝，是无法判断的
画出她的青砖黛瓦，画出她清澈的花园湖
你会觉得水中的石头触摸着蓝天白云，更富有力量
我要画出她穿梭的街巷和远处的山水风光
你会发现凤阳
每一条街不可走去，珍藏着奔跑的风与闪烁的星空
每一座房梦境般飞，飞过白云下的街巷与乡愁的瘾

一块土地的伟岸与奇崛都是为丰盈一座城市的血脉
历史为魂，草木为魄，我要画出她辖内14镇1乡
还有她更远处的这一派幸福和谐的家园

我还要画出凤阳散落清风、树木间的房屋
画出她别出心裁的山水风情、露珠一样闪亮的清晨
大街小巷间清风轻拂的惬意
画出她蔚蓝天空下的一房一瓦、一街一道……

画出她迷人月光下的一草一木、一山一水……
我想——美丽凤阳，没有任何一种声音会戛然而止
这仿佛就是她的一幅水墨丹青，一阕诗词小令

凤阳，一种不一样的心跳（组诗）

亥群辉（江西）

韭山记

竹杖，一位从不服老的兄弟

再趿一双芒鞋，便是逶迤前行的蛇

斑鸠，嚎槌啄敲着耳鼓

杜鹃踩住节拍，红裙开怀飞扬

那些顽石，被透明的涧溪或浑浊的风雨

反复磨洗，已不再

尖锐，但没有消泯

自然界的乳房真美

蒙着云雾百纱的树林真美

长着黑眸的洞岫真美

虬松的语言真美

藤的想法真美

何况还有一头白发

洒脱成瀑流，在你背后

飘着，飞着

禅窟寺记

沿路景物纷纷中计，掉进瞳眸这口深井

寺院端坐于山的摇椅上，双手搭在山的肩头

叶子攥住树的纤指，一步步逼近穹顶

——刚出生的星群

晨钟，从大汉武帝年间赶来，有些踉跄

——在山吞盘桓歇息

殿内，佛祖高高在上，袈裟里住着阳光

一只只蝼蚁，在团蒲上爬来爬去

燃香、跪拜、许愿、放生、捐善……

你做了什么，没做什么，佛祖洞若观火

——他是人间最安静的观众

明天或者将来，依次坐在石径毛茸茸的大腿上

等待暮鼓的召唤

双手合十，心如关闭的蚌

"施主走好！"——真能走得好吗？

山门紧关——真能关得住吗？

一朵晚云，佛祖路过时瞥下的慧眼

——我们是红尘里最后几尾飘荡的荇藻

韭山，只不过是从濠水偷偷溜出来的一枚青螺

吴窑古村记

远眺，瓦鳞参差，一圈圈小小的虾米

溪的乳汁有些羸弱，渴死了很多鹅卵石，更何况一尾大鱼

每栋老屋，都刻有一枚天井印章，守望阳光的手

门窗，镂空的时光，大都闭口寡言，如同掉了牙齿的翁媪

谱谍躺在祠堂祖龛里，分娩了一条泛滥千年的河流
闺秀楼的针脚再密，也缝不住半爿明瓦的幻想

一些游客路过我，我只看到两块墨色的天空
陌生真好。互不相识，也互不亏欠

等候，在肠巷深处，如青石板的坚定
一个叫梅，她的骸骨葬于哪缕潦草的晚烟
另一个叫桂，错过了最青葱的颜色

阳光也有老的时刻
一只鸟脱下风衣跌进朴树心巢，淹没了所有的想法
你看，弹孔的光芒抚摸着有斑驳的事物
总是那么崇敬

凤阳山记

所有的跋涉都抵不过
一缕信风，它吹响涧溪的长笛
吹开花蕾的裙子，也使树林自解衣扣
让草径的心事茂盛起来
所有的跋涉都抵不过
一只苍鸢，清晨它把葵花高悬于穹顶
黄昏必归树窠，放出黑潮
让怀中村落点亮星星的眼睛
所有的跋涉都抵不过
凤阳山中一口步履跟跄的吊钟
它是飓风中心，万千心事洄漩到一点
人们云翳一样从天涯海角
赶来朝觐，交出自己的头颅

我们是一群桃花水母
顺着光阴的河流从亿万年前游来
却被晚归的夕光排成一对对
索性把我们也叫作"凤阳山"吧

注：

凤阳，鸣凤朝阳之意。但当地民间还有一种说法，"凤"者，女也；"阳"者，男也。男女之山，里面有一个凄美的爱情故事。

小岗村记

在夜色中
行走。你可知道有多么艰难？
它咬着牙深刻地跺着脚："咣当——咣当"
一步一步紧跟，沉重且费力
这远远不够，还必须学会间歇性
嘶吼："吭哟——吭哟"
像初生的婴儿，仿佛要
把乳头里的膨胀全部吸完。额头上
一定还有沸腾的汗珠，我是
从星群的瞳眸里看到的。谁在赶着时光列车？
这让我忆起父亲。他曾经年轻的背影
左手扶着上弦月的犁铧
右手扬着蜂腰高挑的竹鞭
眼前，一望无垠的泥土
像倒放的电影胶片转啊转
纷纷后退

我敲打我手中的花鼓（组诗）

吴慧敏（安徽）

我敲打我手中的花鼓

我敲打我手中的花鼓
我加进许多中国元素、力气
凤阳花鼓的加法，是往鼓声里加进歌唱
再往鼓声里加进舞蹈
若即若离的喜声悲声，裹走了
小桃红的如梦令
也看到了祖辈们逃离的身影

花鼓的两面
一面是油菜盛开的春天，一面是明中都的严冬
家住凤阳
我与皇帝沾襟带故

新社会。收不住的喜迁莺
是惜分飞的过渡
蝶恋花趋于拨不断的诉衷情
天空的回音壁，富有质感的歌舞升平
正款款铺展开一道旖旎的风景

这是我的家乡，花园城市或村庄
她在等，等一个贫穷的诗人，率领清风和文字激扬青春和意气
她在等，等一群有学问的人，劳动号子与科技并生
这是奋发中最快乐的岁月，这是恋爱中最美最好的新时辰

从霜叶飞的叨叨令，答谢塞鸿飞
凤阳是这个世界上最炽热、最柔软、最易受孕的大地之腹
我看到那么多人类的书籍、凝固的音乐
信息和电子，从时间的缝隙间分娩
建构和呈现是必然的

妩媚，巍峨，沁园春里的小词亭
大江东去浪淘尽
醉中天，走进大江南北
无边亲密的花朵随梦想一起盛开
延伸的辽阔，日月无声的暗度，织就歌舞里的人生
婉转成动词，优美成形容词

行走在凤阳的春天里

阳光甚好
燕子正一程又一程从南向北赶来
低些，再低些，用翅膀触摸花朵的妩媚
内心的浮尘，把故乡搭成温暖的毡房

油菜花浪也一晌高过一晌
往大地深处赶，又在脚边重逢
春风拂过的地方
谁拈花一笑，减去心情的重量
阳光甚好

去年荒废的半亩薄田

黄嘴唇上噙着焦急的叫喊

一滴滴汗珠扶直了倾斜的火苗

阳光甚好

农人的菜篮子生长在生态园里

菠菜、韭菜、大葱、野菜

吟诵着长寿秘笈

将一部神话变为真实

纯棉土布、蓝天、白云、歌声

正好进入一群被阳光和鸟鸣簇拥着的人的心里

阳光甚好

它不逃离人群，也不独归山野

谁染秋叶醉

四年前，在凤阳，我听了这支好听的歌

我走了所有的古道、驿站、亭台

太阳在高山之巅，摇着一片黄色、浅红、紫红、火红的树叶

四年前的秋天，在濠梁驿、红心驿、王庄驿

京京古道、凤御道、凤王道

古道上的树叶全醉了

身着红裙的新娘在山冈舞蹈如春花烂漫

四年前，在凤阳，我听了这支好听的歌

我看了红枫抱紧脚下泥土

树影在古道上散步

天使跑来跑去去拾古道上的树叶

四年前的秋天，我承担了其他植物们不能承受的

生命之重

惊艳的淮上古树，迷人的歌曲邀我
今年秋天，我又去了凤阳
长满血印的古道啊
长满茶叶和丝绸的古道啊
长满糖和盐巴的古道啊
长满神话和姑娘的古道啊
秋风里一辈子都穿着红色的相思
绣满阳光金边儿
在飘浮的头颅后面，急剧上升

谁染秋叶醉
谁染秋叶醉
我又听了这支好听的歌
在滁州
在凤阳
在王的土地上
哪一天我在你的怀抱中睡去
醒来时，我会是秋天里的红叶吗？

大地锦衣

向春天学习，向有
青草、绿树、花园、房屋、流水相伴的
凤城
一点点走近，在哪里
我曾放浪形骸混同于天气？

目光赤裸，天地无语

多少生灵不邀而至
书卷、鱼龙、奇禽异鸟同在一起
清晨，婴孩醒了
花香，还牵走了年老的心

阳光步履轻盈，风是似水流年
光芒在你眼睛中溅出水声
它们的爱！从花海中泛出涟漪
小路上的脚窝还在呼朋引伴
山水之爱是曾经天伦之乐
整块湿地，一枝一枝花喜上眉梢

随便，转眼一瞥
蝴蝶，蜜蜂，风中传来它们的歌声和颤音
领头的红唇鸟头顶一块彩色的头巾
有一小块蓝天朝大地的花篮里丢下一片白云
可理解为命定的格局
为此，我飞快地掏出画笔和相机

远望，有几处新农村在画中掩映
有一片薰衣草余曲绵延
有一道河游戏着南北和东西
除此，还有什么事物，让我一步三叹、九曲回肠？
白雀鸟飞，红唇鸟亭
此时，我只愿搭乘它，飞到画里去
把今生享用到万世

凤阳，这么多年我就住在你的身边

让市声在一旁喧嚣这么多年

我喜欢用我喜欢的方式，对抗虚无
和自己
这么多年，我就住在你的体内
劳动。写诗
小河流淌的清唱
引来许多希望的眼睛
这让我可以做一些有意义的事情：
用30分钟洗涤，浇几棵就要渴死的花
或把一瓶植物营养液，吊在门前的树上

伴着一块"责任田"
我坐在桌前钓诗
背后是那座明皇陵
父亲告诉我
我应当至少把我的脸上的老气洗干净

好像一切从属于土地
包括那条流进诗歌的淮河
还有黄昏中归家的人们
都是风景中最生动的部分

这么多年我就住在你的体内
笑着出手笑着隐身
选读"乡村"中俊美的诗歌，把它当酒吃
也替别人修改风声
移动一条河流，甜蜜着意境

凤阳行——再到卧牛湖（四首）

陈若祥（安徽）

其一

我在卧牛湖，你能想象的卧牛湖
是清风正拂过柳塘
是一池清韵荡开思念
野渡无人
我的脚步沉默不语
芨芨草扑进风的怀抱
正细心地梳理一个美梦
远处的烟岚加深着春的浓度

在卧牛湖，我并不摆渡
我只想一朵花开如何唤来一个春天
我只想在烟雨迷蒙的水边
与一尾小鱼对视
抑或屏住呼吸聆听春潮袭来的脚步

水面掠过一只飞鸟
而我，仍在原处，从幽草丛中
探寻失踪的古韵，幻想着

今夜摇晃的月光挤满思念的间隙

我在卧牛湖，你能想象的卧牛湖
是一场梦里萌动春芽
是我睡去时惴惴不安的情愫

其二

风浅浅地吹着，落花逐流水
一朵浪花掩住了一段离梦
云凝半空，在等着谁的召唤

卧牛湖，行板如歌
一串涟漪荡进你最软的心坎
你看着春天盛大的演出徐徐落幕
竹篁那边，青翠欲滴
再给我一个不再安分的理由吧
任飞鸟掠过一点渔火
再给我一段足够长的余晖吧
任苍茫消解昼与夜的距离

你在远处，风也在远处
卧牛湖的过客
正在倾听花开梦落的呓语

其三

沉入你不经意的回眸
我开始自言自语乱了阵脚
白鹭忽起忽落，随着清风
嬉戏另一个自己

一阵风追逐着一抹斜阳
被季节追赶的时光
躲进了湖水之中
波澜不惊，沉静虚空

小小的奢望也静止下来了
不再提起远方，我在想：
该以怎样的手法
梳理你一泡的清波
该以怎样的方式
透视你柔软的内心

其四

再到卧牛湖的时候
风正从四月吹过
你能够想象的方向在不停地变幻
那些风，去向不明，渐成虚构
脱离了宁静的水面

直抵深渊
旋起时光的碎片
坠入黝黑的漩涡
一群明亮的孩子
在风中起舞
来自春天深处的涛声
呼唤着波澜不惊的往事

沉入水底的欲望

翻滚着上来
卧牛湖不是一个湖
它沉默着
拒绝着沉默
你细碎的脚步
踏碎了摇曳的月影

四周的青山升起青霭
在卧牛湖在那水中央
绽开小桃上缀着的重瓣红花
当你离开的时候，一头牛
正卧在了湖水之中

在一段凤阳花鼓里返回故乡（组诗）

杨　康（四川）

在明皇陵

淮河之水，保持着古老的波澜
很多东西也就这样保持下来
比如明皇陵内祖辈们留下的礼与仁
比如韭山做为一种指向湛蓝的信念
只有那些虔诚的人才配攀登

在明皇陵，拂去竹简上的灰尘
有书生名落孙山回家做了隐士
也有金榜题名者胸怀大志扬鞭策马
命运的小路在这里分岔
岔路口，留下过多少忧伤和迷茫

要沐浴，更衣，焚香，至少也得
让心保持宁静。在明皇陵，遇人行礼
哪怕是脚下的一粒蚂蚁它也具有
儒学思想，就做那三千弟子外
的一个贤人吧，读书识字四海为家

在明皇陵，在这片精神的圣地上
与先贤偶遇，沿着他们的足迹
在不同的时空里来一次心灵的雅集
让灵魂回归，在广袤的大地之上
溯源而上，接受传统文化的洗礼

龙兴寺，心灵的净土

内心不静，就算手捧万卷经书
依然入不了佛门。心若
虔诚，一抬头便是巍峨日精峰

这一生都要学习以慈悲为怀
向上攀爬，离耀眼的蔚蓝近一些
也就离爱和善良近一些

请熄灭自身暗藏的锋芒
保持草木的慈悲，在人间呀
温暖才是我们最后的归属

无数次登临日精峰。信徒的内心
那个总也到不了的远方
我们称之为，信仰

一次次靠近的树木与飞鸟
是菩萨的化身。享受太阳的照耀
在晚霞中为余生祈祷

山被海围困，它选择向上突围
若一颗心被尘世围困

那就向内，去探寻一个微观的宇宙

把内心，腾出足够的空间
才能放下一座凤凰山。凤凰山
既不在脚下也不在高高的云端

山在内心，但该有的嶙峋和陡峭
都得有。用坚定的信念
去托起一座日精峰的高和重

修行，在龙兴寺，在这一方心灵
的净土。于天地间晨钟暮鼓
在岁月的轮回中，山涧听涛双手合十

山中手稿

到一个小城，看见了山
我便迫不及待地想要深入其中
看见清澈流动的水
我就不断口渴

去山中，无非是想
向一株植物学习它的生存哲学
也无非是在一块岩石旁
找回人类丢失的敬畏

矗立的岩石，岩层里
夹杂着多少智慧的，伟大的
骄傲的人类的足迹

作为人类的后裔，出现在此
我还是自嘲了一番。去山中
在自然万物中，一定要
心怀虔诚

在一段凤阳花鼓里返回故乡

无论身处世界的哪个角落
只要一闭上眼，凤阳花鼓的韵律
就能勾勒出故乡的星空
在一段凤阳花鼓里返回故乡
就是回到我的民族和信仰
回到我那魂牵梦萦的淮河之南

只有这大地的广袤才配得上
它的辽阔。就像只有凤阳男儿的粗犷
才配得上凤阳姑娘的热情
凤阳花鼓，是草原上的情哥哥
唱出来的心里话，是院子里
的情妹妹写在脸上的晚霞

来一段凤阳花鼓，听听龙兴寺里
几百年来经久不衰的钟声
看看凤凰山下的车水马龙人来人往
来一段凤阳花鼓，唤醒彩陶里的
祖先，止住天空的落雪
让蝴蝶楼上歇满远道而来的蝴蝶

一段凤阳花鼓就是一抔凤凰山
的土，一滴淮河水。在一段花鼓里

回到故乡的痛处与历史的深处
一段凤阳花鼓让我体内的血液翻滚
让我的灵魂，在异乡变得安宁

山水交响

辞章：内心的凤阳

温勇智（江西）

在皖东北，有必要截获一节千年的经典，丈量凤阳的广度，和深度

一座来自春秋时的古镇，把浊气一点点析出，唤醒体内的晴空

中国花鼓之乡、中国曲艺之乡、中国石英之乡、中国民间艺术之乡——一个个动人的词牌，爆表了凤阳的颜值

准备好一些掌声和空地，把目光从凤阳的山水中苏醒

1949.5平方公里的爱情，阆风继马

月色酥软，光与影的布景，一场大戏正在上演

韭山，根植在大地深处，以石钟乳、石笋、石柱、石幔等形式，与清风流水仙境

明皇陵，孕育一朵祥云之气，坐等一场风雨，挥毫泼墨

狼巷迷谷，还悬在那里，苗寨、塔林、禅窟寺、玉蟹泉、摩崖石刻——开出40余个谜语

庄子和惠子垂钓的钓台垂柳摇曳，散发着神的声息或踪影

龙兴寺，从一尺佛的湿润中转身，滴滴答答的梵音醍醐了我一度病入膏肓的欲望

中途夭折的明中都城遗址还在，泊在桑烟里，写下了一个王朝病来如山倒的病历

鼓楼和钟楼，扶起一轮破碎的残阳，说出了多少人心中的向往

眼下太平盛世，小岗村颇适时宜地开放。"敢为天下先"的胆识，正是凤阳的后现代抒情

栖息的光阴，在凤阳打开。澎湃的修辞，卷轴了淮夷

左手，是古色古香的旧韵；右手，是光影辉映的新音

当花鼓灯、花鼓戏、泗州戏、权拉机和凤凰画，植入民族民间艺术的花瓣

当龙兴御液、凤阳藤茶喝起，当梅市咸水鹅、梅鱼、玛瑙白玉，从父辈含化了的口头禅中袅袅而出

凤阳，你的心中承载了多少故事呢

爱意铺满凤阳，支撑起凤阳，抑或华东的良辰美景

找一个怜香惜玉的理由，在凤阳驻足

具象里的凤阳，从时间深处，或更深处，一层层荡漾开来

凤阳里的一切，原本就是精致到接近完美的透明

此刻，除了爱，和我汗流浃背的诗歌，或许，我也只能与凤阳融为一体

凤阳，凤阳（组诗）

李永立（安徽）

凤 阳

这一片山水，是一个名叫朱元璋的皇帝
渲染起来的
澄明的河水，澄明的风
犹如一双形而上的手，揉搓着田地这张表格
往天空搬运云朵，往衣领塞满水汽
村庄被慢慢碧透，最终
水落石出

缱绻的河水，透着温暖的光
使江山呈现出诗意的安详
让漂泊的魂安憩
凤凰不落无宝之地
此地有韭山洞，千古绝版的活体桃花水母
狼巷迷谷的吟哦，宋代学士的别样情怀
还有伫立在秋风中的菊花
与凤阳山朝夕倾谈

脚步永不迟疑，倒着走总在前方

空气中的水分子押着韵脚匆匆赶来
在你之前，它是干旱的
在我之后，它晴雨唱和
古老的村庄，把脚伸进河水里
洗得比手还干净

在河边，什么都可以美起来
一条河长袖善舞、金嗓笙歌
给这片土地都穿上了美丽的衣衫
河堤上的春草在宋朝里葳蕤
河湾里的残雪在新世纪也保持新鲜

一只水鸟栖息在芦苇上
对着天空东张西望
它在测量明天的天气，思忖：
人们啊，是淡妆还是浓抹去赴明天的盛会？
爱惜河水的人，一脸光洁

河水流进的地方，米粒洁白
它所养育的生命
有的离开它在外面行走多年
有的被它紧紧抱住，一步也没离开

卧牛湖，或美不胜收

卧牛湖，划动一条船朝我们走来
卧牛湖，一座城催生一湖诗朝我们走来
凤城为它造势
风来来往往，湿地之城
山上一寸光阴，水下千年一盼

101

全城的幸福感都集中在这里
姓钱的就让他拥有更多的人民币
在电脑网络里炫闪
放眼远望的，就让他看见明天
蔚蓝、火红、金黄、斑斓
看见醒狮、干栏、龙和凤凰

我反复写下，卧牛湖
记录它冰凉热风的生活影像
卧牛不止盛产钟声
湖水不止盛产诗歌
竹岛不止盛产圣水

明天，有关水的论坛上，有人谈论
绿色
希望
生态
美，和美不胜收

参观凤阳摩崖题刻
——兼致苏东坡先生

在禅窟寺
我面对着时光阻挡住的一块块石刻
真、草、隶、篆、魏碑，荡气回肠的书法
管理人员说
可远观而不可亵玩

这是些会说汉语的石头
有的是唐朝的、有的是宋朝的、有的是清朝的
从黝黯
移进光明中
接受多少人的崇拜和敬仰

名字刻进石头的，让我们永远记住了它
心可以作拓片吗
石头能走出石头吗
手指在摸到质地之前
抢先摸到石头的心跳和奏鸣

我面对着石刻
手中的钥匙面对它风中的密码
显然无可适从
只要时光不老，挨刀的石头就会
重出江湖

是纪游纪事之作，或为题咏、题名之类
摩崖石刻成为时代的影记
人间、阴间、仙界，都在意象里
雕刻时的思想，无数个
悲欢生死
剩下在时间里，谁又是主格和宾格！

宋代以降，斯人已去
只剩下沉重的你和空虚的我
守石如玉，凄苦湿滑
我们看到的那三个字："玉蟹泉"

103

无人能敌

回到花园湖

我已经散尽所有金银、归于花园湖
离幸福最近的人，深呼吸
一个男人抱着善念和余生
从车马喧嚣，满世界追名逐利的街道上走过
自然之道也作为信息
在拉紧的生活层面上向远方传达

生存无需洞察
有多少生态，就有多少养生的方式
在我们的花园湖，视线所及：
桃、荷、桂、梅，皆老友
当一个老人凤求凰已习以为常
这片清水里，我们所说的灵魂
被湖水洗得愈加薄亮了

集美于江淮，海市蜃楼接通天堂
花园湖在我的视线里，今夜
母亲的忧伤还在水面默默地缠绕
对面闪亮不息的，是光伏
美人的眼睛？
身边的小谢告诉我
这里没有英雄传说
这里也只有大段原生态故事

把爱情写满大地和天空
养育我们思想和性格的盐、淡水和负地形

【凤阳是个好地方】
全国诗词大赛优秀作品集

的花园湖啊
直至今天我才流下眼泪
在这里，健康可以用秤称量
花香可以压一座城市盛装
人的生命不用花钱就能延寿……

凤阳山木瓜

一个名词
香木肖人
在凤阳山行走
还要走多远
美丽女子，便是妻子？

此地山清水秀，独特物华
充满祥瑞和灵性
紫气东来擦亮帝王之乡
木瓜，宛如一位民间女子来到仙境

上山入伙，服食云母
它高出尘埃，看破沧桑
更听尘世低处的高呼和浅吟
异香暗结，拍案惊奇

它比山中的菩提更名贵
是食物，也是饰品
昔日是珍品，就是贡品
它比天上的锦更美丽
比山中的琼瑶更普遍
有时化为中药疗治百姓疾病

将仁爱的露水洒遍千秋万代

树能生财，一条财路远远敞开
当它身披朝霞，脚踩薄雾
人们除了膜拜它是稀世的珍宝
更膜拜它心系苍生胸怀大爱的山村本质

淳朴敦厚的凤阳（组诗）

彭俐辉（河南）

梦幻狼巷迷谷

我已经迷失
迷失在明沟暗壑，幽谷深峡，奇水异潭
像被拨弄得神魂颠倒的罗盘
赫然无法方向

抬头，是眯着眼的亮光
直直地从远古飘射过来
好像要把我的惊叹和寻觅
化为一阵虚无的烟岚雾障

我被迫沧桑斑驳
如千疮百孔的岩石，凝集着
久远的遗韵和色泽
在谜一般的狼烟里，安静落坐

我又恍如那苍劲的
一字一勺，都透视着
文人墨客钟爱之情的摩崖石刻

把眷寄了，把恋托了

狼在传说里长啸嘶鸣
扑闪着黯淡的幽怨
苗寨，塔林，禅窟寺，玉蟹泉，蟠桃园
牵动我万千想象和虚构
——隐约的迷醉，不知身兮何处

仅仅一步，我就跌入一个美丽的溶洞
那里，一个悄然打坐的人
正在闭目，口吐莲花
莲花里，是狼巷迷谷的前世今生

敦厚禅窟寺题刻

这是模糊的唐、宋、清
游离而下落不明的人
留下的下落有明的斑驳遗迹
——在藤树缠绕的山腰
洋洋洒洒，蔚为大观

题咏，抒怀，留名，壮景
数百年沐风浴雨，雪打霜击
寺因残落侵蚀而空灵
山因墨宝而添书香之气

真书，草书，隶书，篆书，魏碑
林林总总，应有尽有
时光在上面走得越久

越有敦实笃笃的足音
驶过尘土而来

连唱吟"大江东去"的苏东坡
也要在泉中取水
浸润饱蘸文采的狼毫
借以在岩石上走笔
走出流芳百世的"玉蟹泉"题刻

骨力道健，浑厚圆润，或委婉含蓄
都似飘飞在菩提树上的叶子
那么苍翠精致，婀娜多姿
给安静的禅窟寺，平添了一份古朴悠远

群峰奔突间，幽谷绝响处
一个个笔酣墨饱的字
仿佛就这样静静地敲着晨钟暮鼓
坚毅与气度相交融的一刀一刻
又恍如祥云，笼罩在寺庙的上空

玄异韭山洞

扒开漫山遍野的野韭菜
扑朔迷离的山洞
就浩浩荡荡开过来
带着图腾、恍惚、神秘

一曲曲叮咚的泉水
反复拨动着心弦
小桥，石笋，峭壁

如多年的铁树，一起开放
婆娑，斑斓，千姿百态，光影无限

大洞涵盖小洞，深洞不肯交出秘密
石垒城，石鸡亭，七里大寨，古战场遗址
我进入的幻中
石头开花，壁画异彩，太空浩瀚

我轻轻喊一声
层叠的溶岩就羽化开了
藏匿千年的峭壁
便有泪珠漫溢，化作一条玉溪缓缓流淌

在洞内，我只能小心想象
生怕打扰了酣睡的仙人
惊动了齐唱的百鸟，歌舞升平的皇宫
以及那刚刚出浴的仙子

这是一个让人上下翻飞的世界
古步道，一夫当关，演兵场，中军帐
每一处都能遐思远古
燕山灵芝，摘星台，飞天图，东方维纳斯
一个传说连接一个故事

在韭山洞，因为虚幻过于唯美
我只能用一个趔趄去扶正另一个趔趄
以便正视目不暇接的玄异

凤凰山下（外四首）

栏南阳（浙江）

需要借助你婴儿般的眼睛
万物发陈。我读，把一支麦穗读成春天
把一座村庄读成淮上江南，连绵的春意
清水洗过一样恬淡的心情和梦境

你，一直被一首诗牵着，被一个牧童在牛背上吹着
隔着一场小雨，坐在一座最可宜居的小城里
一阵不期而遇的清风追上了我
问我：可否买酒？

呵，软泥如酒的香径上
两边有锦鲤翩翩游泳
有野樟木轻轻嘶鸣，有石英带着土相闪耀
有我，和你在此相逢如酒

一边是大明皇帝高高在上，一面是正午的悬崖
在一场花鼓戏的围观中，我藏起身影
把一首质地缠绵的文字写在租来的诗帕上
并且，在她的柔肠中，放逐春天

111

就用诗歌擦亮凤阳的名片吧
你，吉祥的凤阳，血中的故乡
命中的福地，帝王之乡
你，从盛世中走来

禅窟寺

你站在仙迹和游踪的中心点上
你抖开了云雾
却抖不掉身上的佛声

古道上，驿站边
这里，三人一行，五人一群
风吹两片对生的叶子双手般合十
好似对群山和众生念佛：阿弥陀佛

佛声，你把我们的骨头洗净
把我们的心柔软
把我们的灵魂升腾，在天地间旷达

你叫我们不要忘了佛祖，在高山之上
你叫我们不要忘了农事，在尘世之外
不要忘了时空无限，佛法无边
无人能改变的那宗法则，一切顺其自然

有一种神秘力量，让我从一个低处
站到另一个山巅
不断上升
禅窟寺！九十九朵灵秀的莲花，群峰奔凑
九十九个僧人

九十九个俗人修成的正果

每一次来到禅窟寺
我都抖不掉身上的佛声
人心向善。因为尘世远未结束……

凤阳放歌

指给你河山的芳名：凤阳
指给你城市的名字：凤阳
一座闻名于世的农村改革之乡
给远方贯穿新鲜，给空气输送清新
植物的润泽、一匹马的愿望、一朵花的思想
给土地继续的水流和追问
赤裸着翻涌雪花浪的淮河啊，赤裸着天地大美
（更多的时候，它碧波荡漾）
我热爱一条河的清澈
一座城市的清澈，一如婴儿的眼睛
那里深藏灵魂，深藏灵魂飞翔的翅膀
生活在凤阳的人，把双臂打开，把身体打开
用热血和汗水在天空中书写，在大地上书写
家园这个题目在现在和未来的时光里写得
格外美丽、亲切、富庶，并且幸福

就说现在吧，一条河流带动两岸的土地
有人振翅欲飞，有人顾影缱绻
沿岸，奇花异草绽放，玉兰、香樟、楼群
一直看着生活节节长高
垂下眼帘，悄悄溅起一次漫长的洗礼

和他们一起赶来的，还有一些野禽一些花香
河岸曲直有度
直得坦荡，弯得柔美
多像家乡的好儿女
在自己体内，开凿一片湿地
广场上音乐声起，瘫痪的老人们站起来
重新排列年龄

还有更美的东西，被我写进诗里
是"东方芭蕾"，敲出销魂与迷人

凤阳的街道

你到过凤阳吗？
闲暇时可以逛逛
苦闷时可以排郁
快乐时可以忘返
从钟点中逸出的职员
从田野里冒出的妇女
从河里摇来的筏工
从行路上赶马的脚户哥
眼睛里种植着千姿百态
一千棵古树新枝坐进天然氧吧
那是诗经的出处

你到过我的凤阳吗？
蓝天、白云、鲜奶一样的空气
被花儿浇灌
天空、牛羊、庄稼、马蹄，就叫森林花园吧
高处是穹顶，耳中装满鸟鸣

凤阳的四季，被一种叫嘴唇的特质给整合了
这里有一街道，应该叫花街
花开时，山河倒立，竖起耳朵
这里有一种水，应该叫碧水，流不断
甜到心里
甜到极致，甜到忧伤
一个人就要离开了，还要一步三回

短　歌

诗歌的足印穿过凤阳十年了
细微的内心还在震动
野生猪鼻拱和棉花草绽放着原始的清纯

小院错落，曲径通向王维的画卷
——幽深是诗歌的禅房

青草引路，野花争宠
三三两两，乱是乱了些
——散乱是她们更合适的欢迎方式

干净院落。仅此一件诗事
有人的脚印斜挂在流云下面
将心书写在三月的春风里

一只正在水上打鸣的鹅
是我从小的好朋友
它孵出了多少诗句，让我一步三叹、九曲回肠

这条小跬已经不是小孩了

在田野上开出一簇最小的花：凤阳
天伦之乐不在天上
门户整洁，静候着你的到来

一场关于美学的经典邂逅（外一首）

袁斗成（广东）

脚步轻轻　蓝采和的仙气在雾蔼里缠绕

触摸钟离古城的残垣断壁　曾经的繁荣在眼前晃荡

龙兴寺的晨钟暮鼓敲响时间密码

那个乡下娃朱元璋穿过苍松翠柏走来

知名不知名的小草伏地　绿摇动了风铃

明皇陵前的香火不断　跪拜的背影若隐若现

一缕轻风拂过淮河夜景

丰腴乳汁交替从小溪河的姊妹迫不及待挤出

徜徉的诗歌泛起浪花朵朵　歌声嘹亮

上帝的精雕细刻一把揽山丘和平原入怀

在凤阳山俯瞰一马平川　田园与村庄呈现家园的风骨

金黄一片麦田释放土地的语言

层层稻浪逐一验证种瓜得瓜的谚语

做一尾自由自在游弋的白鱼　黄梅时节纷纷雨

韭菜周而复始走进饺子胸脯

一盘色泽黄亮的咸水鹅　粉丝里麻油透亮

家乡的味蕾反复在舌尖翻滚

花园湖的螃蟹悄然等待上岸的归期

117

晶莹剔透的石钟乳　石笋以山水相依的执着

演示地老天荒的悠远　蝶舞优雅

在花丛穿梭灵动翻飞　还有大雁阵阵

一眼望不到边的绿抚摸大地的骨骼

抹不掉的印迹沿庄稼地延伸

只有枝头白鹤睁大眼睛张望　神态安祥

观察一株水杉的成长过程

花鼓敲起来　伴随小鼓千转百回的节奏

那些民间故事　帝王将相成了经典主题

丰收的惊喜　劳动的快乐在天空传播

依旧是蓝天白云　鸟语花香

在飘荡油菜花的气息里　乡情与乡音亲切握手

是谁天人合一的乐园　农家小院溢出欢声笑语

写一首火热情诗不小心遗落在凤阳的领地

安宁地躺在你的怀里品尝饱满幸福

呢喃细语　心底那片灿烂绽放的花海

呼喊母亲的名字泪眼朦胧

在小岗村，栽一株信仰的枫香

小溪河　丘陵　村庄

一如上帝的心语分行排列

绿色封面把家园渲染得生机盎然又情深款款

鹿塘透亮　微波粼粼与风儿嬉戏

经年不变的乡愁沿稻浪的叶脉铺开

痛饮自家酿的米酒稀释劳作的汗水　清香醇厚

这是刻在血液里的家园　比天地厚重

低矮的茅草房里下着小雨

牛棚的大水牛因了饥饿还是轻闲　以它的语言表达
铁锹在泥土里寻找诗意　光滑的木把磨掉了年轮
躺在史料馆的农具浸润了代代相传的性格和灵魂
一纸血书如同惊天响雷
十八只手摁在一起仿佛书写浓墨重彩的一页
春天的宣言别具一格　那群北飞的大雁归来
盘旋于水杉林上空　似乎等候见证一场变革

田园村庄伏在丘陵的脚底　枫香点缀
炊烟的浓度与密度因了瓜果飘香
飘得越高　越来越远
轻风拂过枝条嘎嘎作响　蜜蜂在葡萄架下曼舞
茂盛的毛竹　新笋破土而出铿锵有力
关于家园的走势和向往谈一场感天动地的爱情
腰鼓响亮就是火辣辣的情书　刻在每一个必经的路口

沈浩遗像前深深一鞠躬　祭词生动得满地行走
这片天空　这片土地相互许下诺言
栽一颗爬满乡愁的植物　一如甜叶菊缕缕馨香
越来越近地靠近家园的领地　灵与肉相许
我就是王　你就是王后
在女贞树下迎来送往　丰收和幸福如约而至
一如有关故乡的音节水乳相融　婉约或高亢

多年后我会在一首诗歌中
写到韭山国家森林公园

曾竹花（江苏）

我猜想，多年后我一定会在一首诗歌中
写到韭山国家森林公园，我一定用笔细腻
像织词语的锦缎。当我写下
一只猕猴、穿山甲、松鼠，或一只花面狸……
犹如写下的每个字，我看着它们
诞生、成长、奔跑、嬉戏
在韭山分得属于自己的阳光，把这里当成它们
诗歌的祖国。甚至我猜想
当我刚写到清泉，它就发出汩汩的声音
或藏于某块岩石之下，或流淌于某簇野山菌之后
最清澈的一段，它映照过清晨的白云
也倒影过黄昏的晚霞
当我写下那些鸟儿：长尾雉、白头鹤、相思鸟、鹦鹉
我的笔尖若颤动一下，那应该是它们从一个枝头
飞到另一个枝头，鸣叫都带着凤阳口音
我或许不能完全听懂，但可以肯定的
它们在这里择一木而歇，选另一只白首
每一个都离幸福很近，离苦难很远
我猜想，当我多年后写到韭山国家森林公园
我的笔不会是一道来自异乡的闪电，在这里

一掠而过，我会慢慢写狼巷迷谷
写一个人走着走着，就像走进命运的迷局
写野韭菜在春雨中
慢慢长出叶子，把香气绵延
我还要写一朵兰花，怎样在公园深处开放，摇曳
当它和游弋的桃花水母
同时出现在一首诗的结尾，它如此恬静
恰似那不落的太阳，"照着一个人的忧伤睁不开眼睛，
照着我的山峦胜过最美的乳房。"

凤阳城

我知道，在我未到凤阳之前
一定有座静默的古驿站、古道，或凤凰山上一只
鸣叫的白鹭，替我存在于此
它们替我接受清晨的第一缕清风
也替我接受夜晚的群星闪烁，让我和这个江南
小城，一直同呼吸、共命运
因此，我从未到凤阳
但我是那个早已得到讯息的人，我知道
凤阳古城在城中伫立
它从未屈服于光阴，也从未惧怕过战火
它的城墙上飘落过明朝的霜雪
吹过清代的清风，也经历过民国的雨水
我还知道辽阔的卧牛湖，依旧有旧日的模样
任何一个经过这里的人
都可以得到它的波涛，和鱼群的心跳
而藏于峭壁之下的玉蟹泉水，一直清澈甘甜
已喷涌了多少世纪
终不枯竭也不消隐。我还知道一个穷人家的孩子

怎样从龙兴寺出发，在风雨飘摇中赢得江山
把一个时代最壮观的光芒
集中在自己身上，他从未想到
六百年后的今天，勤劳的凤阳人
唱着凤阳花鼓，创造了小岗村精神
重新立于改革开放的潮头。我更知道
京沪高铁、京沪铁路、合蚌铁路、淮南铁路
像四条蛟龙，穿境而过
所有人从凤阳出发，对于那个传说中的远方
都能顺利奔赴，并抵达。

卧牛湖

当白昼再次来临，阳光在水面上
洒下波光粼粼，请不要怀疑
这里游弋的鲴鱼
在水草间预留自己的道路，而水面上嬉戏的
白鹭，一旦打开翅膀
就能"跟上时间和流水的步伐"
请不要怀疑去年折断树枝的树莓，在春风中
再次长出新的枝桠
长得最高的那棵，必然在卧牛湖边
率先得到祝福。请不要怀疑湖中心的竹岛上
飞翔的水鸟，和玩耍的猕猴
享有同等的荣耀
它们吞食过最高处的野果，也饮过最低处的
湖水，它们更在某个
夕阳西沉的黄昏，看霞光满天
远山叠嶂，渔帆再一次从远方归来。
当你泛舟卧牛湖，请不要怀疑这里的蓝天

可以擦拭往事，这里的春风
可以化腐朽为神奇．这里的芦苇可以摇曳
一个人的心事，这里的山水因为佛光照耀
而镀上了一层安宁
岁月缓慢如一首歌，名利如浮云
曾在头顶有过无数次的聚合，但最终
又散开，飘出身世之外

山水交响

凤阳书简：明月还在（外一章）

王冬生（辽宁）

那么多哗啦啦的山水。像春风之手，不停翻动的蝴蝶书页。
站在鼓楼向历史书简的更深处，遥望。
中都城的明月还在。
花铺还在。
古街还在。
指尖上的江山还在。马蹄还在。
秋风的大笔一挥，明皇陵那些用意念骑马，拿着圆月弯刀的守灵卫士还在。
清风还在。
流水还在。
像梦一样飞翔，在诗意的河流中游泳泛舟的古文化还在。
能咀嚼出月光的"老鹳嘴"还在。
吃上一口，能让你在灵魂的小巷，拐来拐去的"鲇鱼头"还在。
时光，多像一匹鬃毛发亮的骏马，踏着春天的节奏，踩着月光的韵律，从历史中，哒哒跑来。
而我站在鼓楼的肩膀上，多像被圆月雕琢过的一枚章印，用委婉的篆体，在古城上刻下一个小小不为人知的秘密。

中都皇城：珍珠翡翠的江山

不说南京。

不说北京。

让故宫躺在历史中睡觉。

清风明月，更像大明中都皇城的一个拓本。

你用一根炊烟，比拟狂草的张旭。

你用打翻的鸟鸣，写意唐寅胸中的笔墨和山水。

用一个未睡醒的动词，独自挑亮辛弃疾心中的一盏孤灯：声母看剑，韵母点兵。

而最最重要的是，你是吊在落日腰间的一只葫芦，逛荡，逛荡，不知葫芦中卖的是药丸还是兵法？

是一个落魄乞丐，动了动嘴，在一个珍珠翡翠翻飞的梦里，用一只破瓷碗打下的大明朝的半壁江山。

四月，在凤阳

薛暮冬（安徽）

狼巷迷谷

四月，山河拱手，邀我走进狼巷迷谷
却不见狼，却只有迷谷噙住我的热爱
我吮吸拇指，意味着我想反复抚摸
巷壁上的月季咄咄逼人，显得如此盛情
它的面庞像是天堂，教我世间所有古老的智慧
教我在温柔的岑寂中，保持一片春心
这是创世者的乐土。也许，这就是我的远方
这就是我今天全部的不动产。这个春天
狼巷像父亲一样把我珍藏在他的皱纹里
我几乎低到尘埃，在神谕一般的迷谷中
双唇如同天堂的鲜花。莫非，这就是我真实的生活
此时，攀援着无所不在的宁静，和淡泊
以至于在穿行中不断戒掉自造的孤单
以及剩余的饥饿。我并非洞穴隐士
我率领自己继续从迷失中走出来。从此之后
我再也不会遭遇狼，在狼巷，或有生的日子
那形而上的狼，究竟是谁？甚至它矫健的身影
被逆袭岁月的夕阳照亮，不断变换体位

[凤阳是个好地方]
全国诗词大赛优秀作品集

而我必须保持我的初心，再一次来此穿越
我没有多余的命运。我变身为狼巷的断代史

龙兴寺

且听风吟。那场从朱明王朝刮过来的四月的风
在龙兴古刹。梵刹西连万岁山。却从未消逝
无数新生的杨柳，和风合诵着赞美诗，其中的
抑扬顿挫无法掩饰。由大明而清至今天的共和国
是谁逃脱了爱的苦痛。失去的爱，和背叛的爱
只剩下，凤岭鸣钟，看上去很光滑，回响在
永远的肉体和石头的碳氢化合物上。以及
被历史厚重了的铜镬，铭文铁罄上。余音袅袅
而且不断地转换视角，而且仍有更好的腔调
古槐树枝枝桠桠的和鸣，是感叹那个小和尚
还是后来的洪武大帝？身体里的大海被一再激活
却又邂逅了从线装书里走来的咚咚锵锵的花鼓
千手观音也是如许的感动。现在，在龙兴寺
那雨后的夕阳，是大明皇帝的玉玺，被花鼓女
擎在手中。玉佛殿上的晚霞，是洪武帝散落的龙袍
穿在花鼓女的身上。鼓声响起，一阕激越的
凤阳本是好地方，在这个春天，在凤阳，浓情上演

韭山洞

在韭山洞。水是线装的古书。尖细的钟乳石是
躲过时光杀戮的狼毫，用象形文字
在石质的韭山洞书写历史的风云。王惟忠虎踞龙盘
藏兵百万。朱元璋磨盘古道，苦练兵马
三声唤出长桑来，扫退残星与晓月
探海的金龟，正引领嫦娥的玉兔登上鹅船

饱读水写的史记，穿过象形文字的画廊
水流平缓，那是国泰民安。水流湍急，那是国难当头
凤凰宫中，百鸟朝凤；群猴山上，众猴嬉游
仙女池上的夜月，是玉皇大帝的眼眸
余温犹存的逍遥台，是时光编著的传世骈文
在韭山洞，浏览水的册页，惊见六千年的汉字
写尽了一部中华文明史，却深藏不露
玉溪泛舟，登上天洞，走过韭山穿旗袍的石林
我决定重新学会呼吸。洞外的光线
越来越明亮。我的身上始终散发出史书的气味

临淮关

人间四月，我放下装满花草的花篮
在淮河的左岸坐下。仿佛一下子从俗世中抽离
与无数听不见的声音对话，邂逅无数
变化的涟漪，让我不止一次浩叹不已

从油菜花的暗香里，谛听春天的呼吸，我在凤阳
朗诵着春天的心跳。却惊见春秋的鯈鱼
悠游在水里的白云上。庄子和惠施，这对黄金搭档
早已止语，尽管各自隐藏着辽阔的秘密
只有夕阳在天，出神的望着戚继光沙场点兵。然而
元敬早已不再标榜荡平倭寇的丰功，伟绩
他只想把灵魂深处最美的浪花，隐入淮水之中
只有母亲般的淮河，能让世界一片寂静。只有广运桥
清流素湍，能让每一位过客骨头里咔嚓的风声渐次宁静

淮河，只有你呀，才能把小剂量的风暴
植入到每一位游子的内心。也只有你

才能以更辽阔的温暖，慰藉芸芸众生，而且
提醒人们，一切旳流逝其实仍旧完好如初

桃花水母

被专家誉为水中大熊猫的"桃花水母"再次在凤阳县韭山洞景区出现。据
悉，韭山洞景区"桃花水母"首次发现于2007年，至今已连续出现多年。（据中安
在线报道）

春水。微澜。一簇簇随波荡漾的桃花斑
斯时。桃之夭夭。桃花鱼准备好了一颗干净的心
就在韭山洞旁。就在这近乎透明的池塘里
一张。一缩。不紧。不慢。优哉游哉
与水岸桃花的暗香结伴前行，在婴儿般的春风中
粉碎石头那不可救药的忧郁。在寂静的春天里
桃花鱼要把毕生的不朽之光，赠与斯土斯民
这亘古的花朵，一再绽放自己的晶莹，和纯情
执着着，想要一个可以安身的面孔。她还在寻找

避开前世的尘矣，忧伤，和疼痛。她饮水
然而仍然口渴。她不是她。她是人们的同类
她从不行走。可是她游泳。她在人们之间飞翔
好在，我们并没有锈蚀在曾经齐腰深的苦难中
无力自拔。打扫干净皱纹深处三尺深的尘埃
允许桃花水母附身。然后，请清风签下大篆的名讳
上善若水，把无色无味的热爱，注入有生的日子

诗说：恋上凤阳的理由（组诗）

林　丽（福建）

春韵凤阳，诗意地遇见

猝不及防的美色，掳掠了奔波辗转的心
审时度势的春风辞，一再策马加鞭
整枝修叶的利剪，剪裁一段诗意与风雅
水灵入驻，点滴珠玑璞玉般莹光摄摄

文明家园。一注流水潺湲的脉息，欣欣然
撩开光影凤阳顾盼生辉的面纱。霓裳羽衣
心手相依。天籁弦音，将美一再复制的时辰
怀旧诱引。踩在颂辞与乡愁交叠的经络上
梳理细节。沿着唐诗宋词的韵脚
落满尘烟的祥光，吹开我体内的浮躁和不安
喊出一片蓝。放逐禅心。与一只蝴蝶或蜜蜂
用凤阳花鼓的表达，悠悠楔入一场盛宴

簇拥招摇的呢喃。凤阳的风清气朗
一派葳蕤和着粒粒轻掠若梦的鸟鸣
幻化成斑斓的音符，打磨成漫野吐纳芳菲

深呼吸的灯盏。启开一扇沉淀千年
润泽厚重的，春天的大门。和古濠州一块苏醒了
卷帙浩繁。苏醒在纷至沓来的屐痕里
凤阳产业集聚区，现代农业示范区，特色旅游景观区
和谐统一，富有节奏感。统筹，提炼文化强区的内涵
建设者用勤劳智慧的双手铸造永久的光芒，描绘
古城新姿盛美蓝图。站成顶礼膜拜的高度和歌舞升平

我是乡愁丝缕羁绊住的那只候鸟吗？
圣洁梵音，轻而易举便为我解了穴打通了血脉
我放开了手脚。慵懒的幽情，打开善良的翅膀
聆听山水之音与生态。回眸颔首。与帝王之乡
与中国农村改革开放发源地发展战略心血一道潮涌
一柄长笛以双条鼓抒情的方式自史书里悠扬，浑厚
晖光普照。照见青山碧水绿色之州的自由和快乐

凤阳魅影入梦来

循淮河春浪，涉水行吟的探访横生出翱翔的希冀
在小岗村一滴水珠呈琢磨改革之乡的飘逸闪光点
在狼巷迷谷一朵香檀花蕾里聆听阳晖跨世纪的浅唱低吟
蓦然回首时，一截桃花已悄然爬上那段古色古香的
门楼。城墙之上高瞻远瞩抑或俯首观望，开拓进取
一溜生态的字眼缀满今天凤阳大手挥就的新篇章
脚下的泥土，每抓一把都会攥出血和泪来
蒸腾若梦泉群佛眼。山清水秀湿地灵光，是谁把颂歌吟唱？

风雅凤阳，你的美妙俘获了许多微笑
你独自在一种经典处前行，蛰伏
落脚点无不暗藏玄机。放下或开启。中都皇城

韭山洞……行走的风景以低沉音调和着梵曲昭示重量
然后泼墨渲染。时光的卷轴就在脚下，禅悟净心
一衣带水的些许角落，温柔乡里幸福的故事
我心里顿存阵阵感激和歌唱。再一次期待，凤凰画韵
记忆深处那一声春之序曲的喧响，照彻流年

明皇故里，春秋霸业的功绩碑铭，隐去岁月的光华
却高贵。每一回触碰，都能碰撞出
先人手心里的霞彩，吸引祈福之心。风雨剥蚀的
古道幽洞，宗祠寺庙，书院遗址，有风搁浅往事
杜鹃花海的一角被风吹褶成一首首轻灵的小诗
琥珀般透明。让我一直走在天堂的路上

朝夕之间，看清泉俯首贴心，轻歌曼舞
与万木参天，着翠绿长衫之人，若比邻
一道煮水烹茶，谈古论今。亮出生命本真

凤阳魅影，是淮河濠河小溪河，汹涌澎湃的花骨朵么？
是明陵风雨，钓台春涨，九华屏障飘来的那朵祥云么？
凤阳，种植在淮河中下游平原深处的一朵奇葩
闻着花香，便能听见鸟语，听见飞瀑流泉，听见母亲河的
呼吸与心跳。听见中国梦凤阳情的低语呢喃，放飞情愫

在凤阳的诗情画韵里安放吉祥

打着简政放权，城乡建设，贸易创新，产业转型升级
现代农业发展，打着诗意田园，养生慢城
文化凤阳绿色家园的旗语，氛围与份量与日俱增

以史诗般的铿锵之骨，傲岸着。独领千年风骚

「凤阳是个好地方」
全国诗词大赛优秀作品集

沾染过水墨丹青，容颜便不再老，且带花鼓的芬芳
修炼。文物遗留，民俗传承，摊开临风怀古的巨掌
翻覆历史云烟。用文明的火种擎住古濠州的穹苍
雅士风流商贾云集被时间充斥着，呈辐射状

仰望或敬畏。在帝王之乡的高度释怀，颔首凤阳的热爱
我在佛教圣地中都皇城文风与善根里打坐，修行

多少文人墨客背依青山吟诗作对的形神兼备
鼓吹扬名了古楼怡心，道观宗祠青烟。兀立于肩
滋生万种风情硕大无比。雅趣蔓延，云淡风轻
穿越诗经，穿越千年古郡文化的脉管。感化众生

浮光掠影。再次根植幸福安逸，诗意风雅，高贵尊享
凤阳在古典与前卫的意识流里，醉卧
钟灵毓秀，明中都的信仰，是被无数的滁州人
以忠贞一步步抬高的。且发扬光大

精魂横穿濠梁观鱼广袤疆域。银杏树的祈福
树莓的憧憬，滨水廊道的灯影，朗朗乾坤
喧嚣里犹有古琴余韵摇曳。刀影凌厉，汗雨挥洒
撼魂动魄。英雄倩影民族精神从粉墨戏文
从凤阳江河湖泊澄碧的千万匹绫罗绸缎里婀娜
从凤凰画，或古诗词里豪歌浅咏。直至今生的图腾

一点点融化。因势利导，因地制宜，以人为本的揣摩
随了草长莺飞的皈依，做一次深呼吸
深情蕴藉。与凤阳书，与菩提树，与木鱼声声
预谋着一场私奔。心灵的。你不来，我不走

一切从善面朝淮河之水，春暖花开
乡愁之上，内心植满祝福，安放吉祥。凤阳，凤阳

明陵风雨（外一首）

金　彪（江苏）

淮河南岸，一场风雨正在集结
将苍松翠柏，野花蔓草
栽进摇弋横斜的水墨
氤氲而出的古老悲伤
始于神道上32对石像生得栩栩如生
这空前绝后的勾勒
向着孝道笔直抵达

那么，上不说陵墓的恢宏气势
更不用说石像生得精美雕刻
一条河流的血脉喷张，与曾经的苦难有关
也与一个空门礼佛的小和尚的善良有关
那么，有必要容忍一个帝王心怀感恩的铺设
用心去听
有字碑上风雨从容的痕迹
无字碑上一再陈述的感慨

小山似的大土丘
堆砌着沧桑，叠加着孝义
安葬的念想，陡峭兴龙宝地的惊叹

加高培厚的震撼
或可遥望，或可发呆

在享殿遗址转身
因为这是他一个人的心的原乡
而风雨之外
小城凤阳，春色正好

龙兴寺

第一山下，民谣不飞
凤岭鸣钟，清幽六百年的故事与传说
信众斑驳如光点
茂林修竹，飞鸟梵音
妥帖入画

擦肩而过的小和尚
比我安静，比把门的两头石狮虔诚
乖巧的四大天王，听令安坐
由此气象万千
大雄宝殿，金光闪闪
须礼拜，合敬畏，宜称诵

佛光普照，太祖殿的威武就是一种正解
一座小庙，走出了一个帝王
安顿了我的好奇，抚慰了所有人的磕问
而重新活过来的古槐，像感恩
又似乎在叩问蓝天
此处人间，可否是安放乡愁的最后之所

凤凰落在了凤阳（五首）

李星涛（安徽）

凤凰不落无宝之地
凤凰落在了凤阳

凤阳有山有水
石灰石、石英石、大理石、蛭石
白云石里可淘出黄金
淮河、濠河、小溪河、板桥河
窑河、天河里可捞出白银
顺着山的走势河的流向
凤阳的矿脉扎下富有生机的根

凤阳人杰地灵
蓝采和曾在此成仙
庄子与惠子曾在此观鱼
韭山洞的石笋
诉说着时光深处的秘密
狼巷迷谷的幽径
勾勒着神秘的布阵图形
龙兴寺里朱皇帝曾扫过地
从凤画中飞出的一只凤凰

曾在血红的手印中涅槃新生

"凤皇鸣矣，于彼高冈。
梧桐生矣，于彼朝阳"
如今它又养育出了一只新凤凰
七彩羽翎正铺展开万里富贵与辉煌

玉蟹泉

停泊在禅窟寺的半山坡上
你这枚小分币下一步要飘向哪里

看到你我终于明白

石头原来竟有如此柔弱的心肠
萌生出一根嫩白的藤蔓
日夜带着歌声逶迤婉转伸向远方

那一只只拇指大小的玉蟹呢
它们可是你和石头养育出的活玉石
朝阳做巢凤阳
倘若它们变成了蜘蛛
我就情愿变成一只想家的飞蛾
撞进它们用水纹织成的网
禅窟寺里落下一滴钟声
菩萨脸上一窝浅浅的笑靥
那一定是梦中最幸福的净瓶
洒向生活的滴滴都是甘泉

凤阳狮子

凤阳狮子于民国二十四年
从明皇陵里跑出来了
头上长有九个瘤子十个红疙瘩
这是它们特有的容貌
1953年凤阳狮子进了北京城
人民大会堂还留有它们的爪印
苦难的狮子曾背着花鼓
流浪他乡在门外踱着方步
求索的狮子曾爬上山头
学着夸父苦苦逐日
1978年十八只狮子大胆咬破了
小岗村的冬夜一声声春雷
撕开了中国农村联产承包的序幕

凤阳狮子属于节日
更属于历史属于未来
你可看见改革开放的天空下
一团团烈焰跃上山岗
利爪之下大路通天宽阔无边

临淮关

仿佛一只斑驳的鞘
一个人常被当做利剑抽出来
在传说上磨砺出锋芒
关隘已矮下去而英雄却高大起来
一座城变成了一个人永恒的胎盘和影子

历史喜欢纵向倒叙顺着结局上溯
手指上沾满的常常是鲜血和泪水
一些地名常在抚摸中突兀而起
坚硬地把手指硌痛
也许英雄愿意用临淮关来解释南京
可历史却只会用南京来解释临淮关
淮水无语它只用滚滚的波涛来解释岁月
临淮关就是濠州城
濠州城就是临淮关这早已不用考据
需要考据的是英雄尸骨下卧着的
是否还是他自己的影子

韭山洞里的石笋

谁能想到
水和石头苦斗了 16 万年
斗出的竟然是如此璀璨的结局

水开始忏悔
化成了石笋上一滴点缀的珠泪
石原来是水喂养出了自己

你死我活的时候
摄魂夺魄的时刻
水和石头戛然停止了战争
开始了世界上最感人的拥抱
笋开始觉醒

卧牛湖暮色（外一首）

吴　辰（安徽）

这是深嵌皖东的一块翡翠
青绿里折射出隐逸者的深度
疾风推开一道道波澜
卧牛湖的暮色终于拉开帷幕
白鸥盘旋在游人的头顶
木舟成了黄昏的道具
金色的湖面闪烁着光芒
那里蕴含着白昼最后的能量
湖和天连成一片
心和未来相隔不远
我愿来生化作一块石头
扎根在这诗意的湖边
以平静的姿态站立成永远

老　街

至今，空气里还留存着祖先的气息
气若游丝，比黑马褂的纹路还细
细长的记忆，夹杂着岁月的尘埃
太过脆弱，仿佛一触即断
青石板上，一切都清晰可见

141

光滑的镜面映出悲喜容颜，以及
深深浅浅的脚印
老去的青苔必将重生。总有一天
它们会将整条老街裹住
就像一颗珍珠裹住所有的苦难
就像一块琥珀记下当初的故事
就像一枚碧玉，时不时地回味着
前生

春到凤阳（外二首）

三 超（江苏）

刚刚从一片热闹的唢呐声中走出
又遁入另一次花鼓的节奏里
民间的曲艺，在这春天里琴瑟合奏，花鼓震颤
这来自遥远的说唱，令你乐不思蜀

春天如这艳阳的天，如这奇异的土地
到处鸟语花香，中都城与龙兴寺相互比肩
接受来自四海的审视与祈祷
阳光柔和，化为真诚的福昕；桃花馨香，洒满幸运的艳羡

历史的经卷在这里被重新打开
一切恍然隔世的样子
你来自《永乐大典》的书笺，还是来自这缱绻的人间？

处处欢声与没有消失的技艺，匠心独具、物华承传
你载起荣光的脚步不断修葺、发扬，繁衍如水
摩崖石刻，禅窟洞天，你焚起的香与拓片玉石俱在
文明的火，悄悄点燃——

这个春天，时光敲打着额头

我迷离的双眼不曾转换你的眉黛
花香十里飘忽不定，凤阳的歌声却那么熟悉
一袭青衣飘绕于嘹亮的人群
民间的艺葩盛开于温暖的掌心

钓台春涨，浮桥烟锁，总有一次穿越来自愈水仙境
白玉玛瑙，御液藤茶，总有一次邂逅源自纯粹的生活

这个春天阳光弥散，雨水闪烁
在空灵的古巷品茗，在喧闹的晨市开启最初的烟火
人间被远方的客人悉心以对
凤阳的天地被花鼓与喜悦洗濯——

凤阳是个好地方

我要带你去一个美丽的地方
她北濒淮河中游的蜜地
那是淮河水与花园湖交织的一幅写意

传说中，蓝采和在这里成仙，明中都
在这里兴建，并留下历史浓厚的足迹
"千里廓王畿，八屯拱宸极"
除了你看到的一切：明皇陵、龙兴寺与鼓楼
狼巷迷谷、小岗村与韭山——
你能听到的说唱，古老又新奇——

花鼓小锣以载歌载舞的说唱
被人们传承下去，凤画用浓艳的
色彩描摹出，最初的模样——
那时候，我正背着行囊，卷起袖子

热热闹闹地观赏你的样子
那时候，我觉得我没必要再流浪，再远行——

我要带你去一个美丽的地方
这里的人们有十八班武艺，却偏爱舞蹈与歌谣
这里有山川河流，却偏爱家园一隅
这里有"千班锣鼓百玩灯"，这里有
松楸葱郁，桃花十里——

幸好，我们在此刻与你相遇
在尘世中熏沐你的仙气
在最美的宫阙与城墙的边缘
想象你最初的样子，在一阵阵花鼓声里
踏出你最优美的舞姿

我要带你去一个美丽的地方
从历史浓厚的翘壳里起身，穿越淡淡的
幽兰的气息，直到现实的歌喉里
你听："说凤阳，道凤阳，凤阳本是个好地方。"——

又想起庄子观鱼

一条鱼在水中巡游，它变成四月的颜色
变成桃花盛开的影子，伏倒于清清水中

它是庄子观看千年的鱼儿，它是灵性的化身
它翻卷出丝丝细浪，如泡沫化开
瞬间消失于渊底，令人顿足——

它的无邪，不！它可能是一柄锋利的匕首

145

划开寂寞的湖心，咬破懦弱的春风
插进绵软的俗世里，它嫌弃春风
或者必然的王国，它嫌弃世人的浮躁麻木
它嫌弃一切腐朽的东西

它向我展示它的迅速、皎洁，它的自由
它转瞬即逝，在春色里荡开
如同消失的素手，花瓣一样坠入尘寰——

这无底的深渊，为了尽快得救，它拼命的游啊游！
直到春天的花事已尽，直到庄周游世的梦里
时间可以是静止的，当我们相信永恒的时候

鱼儿有鱼的快乐，伸出手，握住无柄的刀剑
嵌入无为的骨头里，它相信天人合一，万物与我并生
它向往一切真理与自由——

等一个春天的到来，怀抱一池火焰
雨水剥开紧紧相拥的花瓣，抖落还未苏醒的梦
鱼儿脉脉地巡游，却落得两手空空
它向往那自然而然，无为的清净——

临淮关码头

甄建军（安徽）

每次喜悦都必有其源
譬如水面，那跳动不止的火焰
我在少年时就喜欢上
一个地名：
临淮关

沉默地凝视那条无休止的河水
想象濠梁之上的闲立
想象鱼和我的相知
那染上苔藓之绿的阶石
始终岿然不动
承受来自河流永恒的磨洗

父亲在身后和朋友说话
关于朴实的北方女人，重现野草的皇陵
以及波光潋滟的临淮关码头
那只是出自
他那因饥饿离世的父亲最古远的记忆
我借此触摸
一个无限遥远的朝代：

1344年，青黄不接
他俯身清扫女贞树稀疏的落叶
皇觉寺内的香火更加稀薄
公元1369年
淮河水势平缓辽阔
商贾的楼船，桅杆如冬季傍晚的密林
覆盖着临淮关的河面

148

凤阳之美（组诗）

祝宝玉（安徽）

美在凤阳

千年故事被淮河水冲刷成
一河床的石头。那行走在风里的乡曲
不时地停驻，怀恋这里啊
气候温和，山川秀美，人杰地灵，物华天宝

中都古城挺立，象征着一个乞丐走向宝座的传奇
在凤阳，厚厚的文化底蕴深藏地下
唯有像老农一样虔诚地对待土地，一点点地挖掘
历史才显现出它朴质的真相

凤阳的旧影啊，带着大明三百年的激情
那一眼繁华，曾经的前世今生
韭山仙境，明陵风雨，钓台春涨，浮桥烟锁……
阅尽了历史的文脉

淮河轻吐浪花，风雨中走来霜染的鬓丝
一代代人，一群群人，一个个人
从八方汇来，又向四野走去。聚聚散散的人生

带来了凤阳的美，也带走了凤阳的美

在明中都城遗址

中都城是明朝的蓝本
就刻印在凤阳的地面上，成为了荒丘。那颓废的美啊
不曾衰老，它还是满怀着春意
迎迓我的到来。我来了，行走在瑟瑟的夕阳里
仿佛又回到了明朝

颤抖的脚步唯恐踩碎古老思绪
白玉石街、内金水河、金水桥还在忙碌地编织故事
敷衍我的好奇，以及叹息的由来
我抚摸着那凌乱的砖和石，以及残缺的门
是否可以走进凤阳幽深的历史，窥视一个朝代的
痛苦与快乐

中都谯楼依然巍巍
似清高的大夫睨视着远方。历史的云雾啊
总把一些事物遮挡，造成迷蒙的假象
没有声息。一些人的名字镶嵌在这片土地
红石、青板、黄土，张居正倒塌的身躯堆砌成一座高山
坐镇滔滔的淮河水，以及我忧郁的情怀。

龙兴寺

始终不动声色，读经
垒筑人生的阶梯。通往断臂崖十万级
被春风困住
木鱼声里有沉重的车马
在经书上列兵布阵，太多的杀戮需要超度

老禅师念了一辈子佛
才看破一步孽障

桃花绽放，十里春风
按住还俗的念头，在这山中，有虎豹三千
却都比世人良善

"今夜菩提树下，不谈江州司马，不抽烟，不喧哗
只听喉咙深处的佛塔，坐镇夜凉如水"

龙兴寺里的老僧兜住剩余的月光
做一件斗篷，缝补，缝补，再缝补

九华山

书载："全城秀气，全在此山；
灵鋈天然，永作北门屏障。"于是，凤阳的九华山
有了血脉的源头

是旧的句子，候着潮汐
守准了时光的节点
抵达，汹涌澎湃；退去，一如往昔

所以，九华山——山河的例外
于是，身在山上，总能听到一个压低的声音

九华山，美的虚枙
连缀着石的经纬和水的纵横，在凤阳的土地上
构架起一个民族的骨骼，带着疼痛

那些日影迟迟的传奇随着波浪
消逝在海天之际
掐算着命运的走向，生命的驳船系在
大明朝的根基上。海上升起明月，抑或蜃楼
变成某种抽象的譬喻
百年前的一支军队在这儿驻防，兵器林立
从此，这里春天都安然无忧

在小岗村，再忆沈浩

招商引资，建桥、修路、盖房
他在小岗村是一个地地道道的农民
以苦为乐，一心为民，全心奉献，敢于创新

他是小岗村的一部分
谁也带不走、抹不去、忘不掉。他把他最宝贵的
东西留了下来——共产党员的精神

有了这样的标签，即使在平凡的工作岗位上
也能像他那样
亮出自己鲜艳的色彩

让我们踏着他的火热足迹
挥洒青春的汗水
在构建社会主义新农村的道路上，一起创造
一个又一个的人间奇迹

「凤阳是个好地方」
全国诗词大赛优秀作品集

凤阳：诏书外的浩荡

陈忠龙（福建）

皇故城、鼓楼、龙兴寺
放着帝王的大梦，放着花鼓的"咚咚锵"，放着一炉香火
放着一个地方的福祉和大愿

九华山、韭山、濠梁、狼巷迷谷、庄惠钓鱼台
好像借用了朱皇帝的圣旨，难怪时光被调动得那么的积极
仰慕的词语，好奇、幸福的画笔，从各个地方被召来，沐浴着
诏书外的荣光
凤阳是个好地方，到这个皇家、重臣练习过胸怀的地方取材
心胸就会夹着风云，就会深得江山之助
喜欢的传奇，通过一帧帧相框、一部部诗篇转载
慷慨激昂、风流倜傥的气度，肯定透出页面
那时，你被钦赐为笔墨惊天地的画家，我被拔擢为名句泣鬼神
的才子
怎不再提油彩和修辞，在旖旎中入座
然后，运走一个个能享用千年的大梦呢

凤阳，虽然不是京城，但它诏书外的浩荡
让热爱有了"三宫六院"，宫廷的一部分恩典，复制到了这
里，与大爱会合

帝国用过的古驿站、古道、古桥
继续带领志趣高雅的人们开展扩胸运动
通过它们，有的抵达功名，有的坐在白云里

塔，是凤阳的右腿，一步步在登高
凤阳，总追求着最高，所有关于凤阳的诗句，都很巍峨
山，是凤阳的左腿，在柳暗花明中跋涉，很有节奏感
凤凰山、万岁山、日精山、月华山、独山
是江山豪迈的步法，以最美的姿势，引着热爱在走

凤阳还有更快更强的节奏，它的引擎
推着合徐、宁洛、蚌淮、徐明高速
京沪高铁、京福高铁，跑在前头
追随凤阳，在卷帙浩繁中穿行的人们气喘吁吁，好像是一匹驮
着诗篇的瘦驴
脚步频频超出行间距，诏书外的繁华、碧波、倒影
把人们使唤得顾此失彼。凤阳的醉美，若再斟一壶
灵魂都会踉跄，那时，说出"乐不思蜀"，要恳请故乡原谅我

禅窟寺

齐冬来(黑龙江)

佛光普照，人间万象
在禅窟寺，佛主光若用一缕香烟修炼真身
就犹如淮河的浪花

我仰视，获得了阅读人世的玄机
跪拜，像成熟的稻花压弯了阳光

用一声佛号，标识禅窟寺的地理方位
山风是躺在佛经里的希望

我看见鸟雀们在行走，打坐，唱歌
像是一粒粒憧憬

暗淡的夕阳，把自己抬高成了赞美
并藏进摩崖石刻

一株小树长出梦想的细节，在禅窟寺起伏成诗的意象

04

岁
月
欢
歌

茶语·凤阳八景

王瑞兵（山西）

倘若我是一株茶树
即便无法选择生长的土地
我也定不会辜负我的幽心远意
我要等到钓台春涨
垂柳摇曳、激浪拍岸时
寻台下之水
泡得一壶
静候庄惠垂钓时
氤氲茶雾、水天一色
濠梁观鱼入梦来

倘若我是一株茶树
即便无法选择出生的世纪
我也定不会辜负我的幽心远意
我要等到凤岭雪花纷飞季，龙兴晚钟幽情时
捧得亭上一抔雪
煎来一壶
邀韭山仙人、九华名僧
焚香伴茗
寒夜听雪

159

倘若我是一株茶树
即便无法选择朝向阳光的角度
我也定不会辜负我的幽心远意
我要等到四月细雨淅沥时
接谯楼檐下水
煮上一壶
谢绝达官显贵
招戍守旧部——"谯楼军卫、浮桥石鸡、明陵石兽"
登临谯楼
忘却风雨烟锁
笑饮万世之根本、天下之大同

凤阳：古老躯体上的青春演绎

陆　承（甘肃）

时光未老，记忆涣散，典籍深厚，生活朴实
磅礴的原野，塑造并不单薄的王国
中都浩然，景色涟漪。我领受过往的残损与悲壮：
是谁赋予了此地深刻，是谁在转折与奋进中
一次次高歌与沉静？小岗村，小村落大手笔
簇新的变革与扎实的行程，一点点弥漫
徐缓拥抱内心的热忱与渴望。田野兴盛
工厂轰鸣。村容铭记，微笑使然。我穿越
多少芳华，领取多少馈赠。在两千余平方公里的
版图上，梦想未曾破没，美好依然绚丽
城乡交错，磨砺闪烁。我热爱这方美雅而粗粝的
土地，风暴经受，文雅迷离。反差之内，喟叹依然
我小心收集尘埃、荣耀、悲伤与辽阔，在钟离
神奇并未单一。浩然之笔，浸染波涛
庄周悄然，惠子相伴，哲理生发，我谨记
那些不曾孤单的俗语，沁入灵魂，沉淀典籍

传说起伏，风貌簇新，山水之心，渐入佳境
朱兄安好？帝国早已陨灭，家族依然涣散
皇陵之下，沧桑眷顾。万事万物都在不言中

我品读玛瑙白玉，在纯粹的口味里，回放
六百多年前的征战与跋涉。生死一线，命运跌宕
如同此刻的紧促。时光飘远，人声喧哗
韭山清雅，流水深情。我依恋此处，别处没有的
深沉与雅丽。我深入山野，在狼巷迷谷的阐释里迷醉
我还要遇见多少斑斓，醇厚飘逸，我还要领受
多少温情，柔和恬然。卧牛湖水，一望无垠
澄净之面，恍如仙境。禅窟寺、禅窟洞的叠加中
令生涯沉浸虚无。必须有一种超然的情愫
才能领会豁达的赠予。必然有一面旗帜
在苦难、贫瘠、富饶和自如中随风摇曳
呈现濠州的过往、铿锵与未来
晨曦薄雾，希冀绚烂。一道光耀，终成心跳

无人眷顾，有人侧目，时代之外，勃发力量
兴衰交替，古老不再。全新的面貌，缓慢生长
陈旧的理念，渐行渐远。我听到民心的萌动
在辉煌的谱系上，谁不曾彷徨，在虚构的旅途中
谁不曾战栗。往事如幕，陈词没落。生涯的尽头
你将看到一幅壮美的愿景，在彼此的守护里展示
龙兴寺里，神秘涣散，典故陈述。钟声仿佛
梦中的呢喃，又好似现实的警醒，况乎热烈的光阴
在一点点的承接中升腾。鼓楼之上，遥远的呼唤
突然逼近，巨大的对照里，坚韧的攀援与建造
城池之内，时尚与文雅交错，过去与未来招手
没有谁会轻易成功，没有谁会在成绩本上
赢取永久的利息。青春再次勃发，幸福雕琢丰盛

去大美凤阳，安家（组诗）

赵长在（河北）

凤阳，心灵的落脚地

韭山、花园湖、庄惠钓鱼台、淮河岸
都是我心灵的落脚地。听凤阳花鼓，品凤阳藤茶
吃风土美味。用思慕研磨出的墨
画一幅神美的凤凰展翅图

千古帝乡灵秀的山水，成就了
朱元璋的天下霸业。捧着一册大明王朝的典籍
在明中都皇城的谯楼上，读一个朝代的兴衰史

悠悠濠河水，流淌着濠州的
文化底蕴。寻梦的人，或许早已看淡了世间名利
杀伐争斗。唯有一颗不变的初心
方能知晓一条鱼的快乐

缓慢时光，均匀地洒在
明皇陵上。试图与沧桑和斑驳，达成和解
把历史看做魂魄的凤阳，把灵脉看成根基的凤阳
人杰地灵的风水，是钟离不可泄露的天机

163

借着鼓楼、钟楼上的钟鼓，说出
隐藏多年的秘密。丰美的凤阳府，有我的痴恋
这么多年了。明皇故里，一直游弋在
心尖上。像一尾畅游的梅鱼

在龙兴寺、临淮浮桥、九华山
在韭山仙境。原生态的青山绿水，为喧嚣尘世
描画出心灵归宿

这一座历史文化名城，总也爱不够
凤阳花鼓、花鼓灯、花鼓戏、凤阳港、凤画
如百鸟朝凤，拥簇着一片风水福地
这些骄人的凤阳元素，凝结成凤阳府
生生不息的精魂

小岗村的春天

公元 1978 年冬。一间简陋的屋舍里
十八位憨厚的农民，围坐在一张破旧桌子周围
像十八棵即将发芽的老树。等待
春天的降临

桌子上的一盏油灯，照亮
一张张淳朴而激动的面庞。铺开的纸上
正律动着久违的春风

土地承包书上，按下的十八个红手印
仿佛按下中国农村改革的发展按键。鲜亮手印
像一朵朵早春的梅花，映红凤阳

一个贫穷的村落

谁也没有意识到。油灯下
大包干的宏远蓝图，在这间寒舍里，有了
最初的雏形。温暖的光晕，仿佛
十里春色，汇入滚滚春潮

选派干部沈浩的到来，为小岗村
插上飞跃式腾飞的翅膀。由此，想到一群
敢想敢干、改为天下先的铸梦人

自强不息的小岗人，把繁荣富裕的
大幕，拉开。大包干纪念馆、小岗农贸市场
村文化广场、采摘园、工业园
变成春天的喜讯

蓬勃的生机与活力，融汇成
小岗欣欣向荣的远景。每一个来到这里的人
都在用仰视的角度，去瞩目一座
新农村的巨变与淳美

一条崛起之路，裂变成新征途
新思路、新举措。明媚和谐的春天，成为
小岗村恒久的表述语

165

穿行在明中都皇城

城外，春意渐浓。延续了几百年的
古皇城，还在延续。弥散的春暖，聚集在鼓楼上
一位凤阳的故人，用树木的青，城墙的青

光阴的青，填充岁月的空白

站在谯楼观景的人，恍如回到大明帝国
人生的悲欢，乱世的腥风血雨，统统隔离在城外
安宁与富足的祈愿，多像皇城牢固的
地基，遗泽长留

十年、百年、千年，不过是
一场花鼓戏的开场，与结束。雄伟的都城
足以相抵流逝的辉煌岁月。走在宽阔的城门洞中
依稀看到一位位先贤，穿梭往来

明中都皇城，怎么就耐不住时光荏苒
说老，就老了。追思怀古的心，在求解朱元璋
安享太平盛世的雄心壮志

龙凤呈祥的凤阳府，与饱经风霜的古城
融为一体。古花铺廊的街道，通向光阴以远
当民不聊生的天灾，变成曾经的往昔，历史深处的
兵器撞击声、悲叹声，落寞而单调

是非功过，任由后人评说
我们需要一座精神皇城，做为美丽乡愁的依据
凤阳盛极的风水，多像淮河的碧水
千百年不竭

气势恢宏的明中都，见证了
大明江山的始末。城楼下，敬天地，祭祖先的
仪式，仿佛才刚刚开始

凤阳花鼓凤阳歌

说凤阳，道凤阳，凤阳是个好地方
一曲凤阳花鼓，道不尽凤阳人曾经的苦难与辛酸
无论是小巧玲珑的花鼓，还是小锣、鼓条
都是在把凤阳府独有的说唱韵味
唱成几百年不变的乡音

每一句唱词，多像流淌的淮河水
暖人暖心。姑嫂二人卖唱乞讨的光景，艺人流浪
卖艺的年景，被繁盛与富庶所替代

载歌载舞的表演形式，深深扎根在
素朴的民间。凤阳肥美的土地上，开出一朵瑰丽的
艺术之花。身背花鼓走四方的花鼓艺人
游走在历史中间。灾荒早已不在。却不见
边敲边唱的艺人们，回归故里

回味，在鼓楼广场，城墙的断壁残垣上
陷入岁月的久远。清亮嗓音，也有暗哑下来的时候
优美感人的说唱声，流淌在老辈人的清泪里

凤阳花鼓，说唱成乡音、乡情、乡韵
乡愁、乡恋。传承与创新，让凤阳一绝，焕发出
崭新的神韵。一个更大的花鼓文化舞台
正向着全世界，铺开

把灵美毓秀的凤阳，写进唱词的人
回转身，捞起淮河边不散的乡愁。传统民间艺术的

茁壮根脉，衍变成璀璨的东方芭蕾

左手锣，右手鼓，手拿着锣鼓来唱歌

古老的凤阳，不会因岁月更迭，而忘却那一声声

凄婉的唱调。小花鼓上的那只彩凤，多像

一曲幸福和美的新凤阳歌，传唱到

四面八方

去大美凤阳，安家

突然就想去凤阳。去蓝采和的

成仙之地。去树莓之都、石英之乡。朱元璋钟情的

凤阳酿豆腐、腊香狗肉，端上桌了吗？

淮河河面上过往的船只，是不是更密集了？

比如心里装着一个深爱的人

分隔太久，便会生出诸多思恋的情愫。像明中都

古城墙外的油菜花。一有风吹过，便要

摇曳。便要婆娑。便要飘香

想到过有一天，终会走进你的怀抱

心底泛起的层层涟漪，对应我的心醉。盛美凤阳府

灵秀的凤阳山，幽静宜人的狼巷迷谷

山顶上的藤茶，梅河里的梅鱼，卧牛湖的

碧波，钓鱼台畔的垂钓，让我一醉再醉

心是热的。凤阳人的情，是热的

中国农村改革发源地的泥土是热的。红红火火的

日子，是热的。龙飞凤舞的大梦，也是热的

一条条整洁绿美的道路，一个个

文明和谐的社区，一座座休闲公园，在花鼓之乡
遍地开花。铺展在纸上，是水墨丹青
卷起，是一册灿美的历史
在千里淮河第一港。搭乘一只小舟
把淮河岸边的凤阳城，再重新爱一遍。大美凤阳
多像一处人间圣境。能在此地安家
是几生几世修来的福分

我知道。如果留下来、住下来，凤阳
是欢迎我的。晚来飘散的炊烟，隐约而来的鼓声
扑面的花香，清脆的鸟语，会弥补上
岁月欠下的亏空

小岗村：凤阳诗眼

刘采政（山东）

凤阳是诗，改革之乡小岗村
是明亮的诗眼

藤茶抒情，红色旅游景区构成意境
葡萄采摘园，蘑菇大棚，大樱桃，树莓……
一串串挂满鸟鸣的长短句
碰得阳光叮当

红的，紫的
珍珠的圆润，玛瑙的剔透
一盏盏灯
一个个生态词语
燃动鲜亮火焰

鲜亮加上鲜亮
鲜得，到处是笑声了
鲜亮了山，鲜亮了水
鲜亮了鸟儿回家的路程
鲜亮了小妹扶稳老爸米酒的醉
鲜亮了哥哥从土屋爬上月亮船的梦

鲜亮了姐姐裙子上飞舞的蝴蝶
鲜亮了老爸老妈挂在皱纹内的汗水
也鲜亮了爷爷奶奶倒进茶杯中的歌声

该鲜亮的都鲜亮了
鲜亮了凤阳，小岗村的历史
也鲜亮了，小岗村，凤阳
滁州，以及远方的北京

明皇陵

徐先标（安徽）

重门列戟的奢华
漫漫神道的祭拜
在时间的春光里叱咤

飒飒作响的松柏
青青荠麦的铺陈
呐喊当年"浮掩三尺"的溅寒

一首挽歌演化成
平仄花鼓之韵
殷殷追思之疼
"孝"满天下

凤阳谯楼
古韵遗风，你承继着
华夏谯楼之冠
迎来送往，你再现了
皇族"琼绝尘埃"的吞吐

什么可以留下

谯楼归市的喧闹
淹没"万世根本"的探秘

朝圣的祷词在春光里与
一只白鸽和鸣

梦回古钟离

沈　珺（安徽）

我深爱的土地
灰褐色的瓦砾上残留着战马蹄痕的土地
黝黑的枯树皮一样粗糙坚韧的土地
昔日项王别泪处
剑鞘泠泠
残阳瑟瑟
故乡的梦啊
是淮水上飘摇的船
驶过千年的繁华和苍凉
蒹葭茫茫
观鱼人去岁悠悠
那翕动彩翼的蝴蝶
真的是你吗？

我深爱的土地
喷薄着烈焰洒落满地光芒的肥沃的土地
工厂林立阡陌纵横花团锦簇的土地
那年远去的行囊里
风雨潇潇
杨柳依依

故乡的梦啊
是耳畔回响的歌谣
河湾里黑泥鳅般的娃子
挥着竹枝
吹着柳笛
山风一样
朝着袅袅的炊烟奔去

岁
月
欢
歌

凤阳山下

邓　婷（北京）

外婆家门前的那群山
又传来风揉树叶的佻挞声
秋天的柔夷
扯着暧昧的暖阳
把门前的那几株枫树
染成一片桔红色

深秋的夜
被山风吹得沁凉
院中的老榆树下
小竹床还囚着我少年孱弱体貌吗
要不
那童年一起玩耍的男娃子
为何对着小竹床嗫嚅着
把酸枣似的小诗
写满绿荫荫的山崖

在飘着风信子与薰衣草的那个春日
那只迷路的山雀
衔着她的故事

在山野田埂游弋
你如云雀般的口哨
引来她美喙啾啾
你的哨声似丘翎
从此你我倦鸟天涯

春又华发
外婆家门前的那群山又佻挞着
与风密语
山崖上的那轮娴静的满月
觑着我说话
你可回家
你可回家

凤阳府之诗（二首）

鲍金明（淮南）

中都鼓楼

没有更高的鼓楼屹立在淮河南岸
制造惊心动魄的艺术效果
亲临其境方能感受
幸好记忆比坚石强固
即使砸成粉末
把碎片拼凑起来
又是一次庄严的复活
该流泪的还要流泪
会唱歌的仍在唱歌
六七百年的功勋和悲壮的故事
稳住中国的重心

蓝天在上
和我们一样充满崇拜与敬仰
都是从将士们倒下去的地方采集而来
世人没有感到祭祀的和风从遥远吹来么？
分不清年代和天气和色彩和声音
都是从鼓楼上轻轻掠过

人们只能看到极起普通的萤火闪烁
在这座府城
中都鼓楼永远站在蓝天和行人之间
倾听历史的回音
伫立在原始和开放年代
招进永恒的青春活力

明皇陵

战士倒地的时候
明朝站起来了
同时站起来的还有明皇陵

回想起那场改朝换代的血战
石头也以泪洗面
从战火中一路走来
明皇陵展在世人面前
铁骨铮铮

扎根血沃大地
深入历史痛处
一晃就六七百年
才装订成凤阳的旅游名片

明皇城成为城徽
是凤阳县城后来的演绎故事
华夏几代人一直认同
历经几个世纪的淘洗

179

走近故乡的五月

邓　婷（北京）

一月的故乡还在襁褓中酣睡
就被二月东风蛊惑着
呼呼地挥舞着剪刀
裁剪着凤城春色
寒冷的巨轮说沉就沉了
冬举着免战牌退避三舍

三月的春分如粉黛佳人
娇嗲地将黑夜与白天平均打磨
万世根本的城门啊
载着亘古的微笑
披着皎月悲悯护宥它的子民

皇陵古道已芳草萋萋
明朝的那位孝君
在时间的驿路上
祭祀生他养他的墓葬
整个凤城落寞了一个冬季
故乡的四月终于在谷雨时节
收获满城狂欢的酒浆

等待太久了啊
故乡的土壤
你蓬勃的肌肤
被惊蛰的虫子搔得发痒

它们石破天惊
谷雨殷勤地为泥土做深层的按摩
沃土在酣畅中饱食终日
鉴证天高云阔下
绿树掩映着狼巷迷谷捉起迷藏

此起彼伏的花香在山间来来往往
羡煞九天清守广寒的嫦娥姑娘
雨神轻薄地派遣漫天的相思
招唤远在异地的行囊
凤阳的山水正浸润得桃红碧浆

司掌五月的玛雅女神
石榴裙裾的褶皱盛满思乡的泪雨
逆流而上的节气浩浩汤汤
剥落虚意掩饰的霓裳
我的梦中故乡正捧着炙热
和迎面走来的我深情对望

凤阳彩灯之歌

龚远峰（浙江）

凤阳，从一盏花鼓彩灯里走来
凤阳，在褪去千年时光的帷幔里
一寸寸醒来
一抹春天的绿，整齐有序地向上爬
春天醒来的阳光、春雨、春色，在我脚步轻叩里
追着鸟鸣，翔于春鸟的黛青之上
凤阳犹在，明陵犹在
江流石转，桃花流水里
我不说爱情，不说理想，不说美人
不说那远道而来的客人
不说坐看花开的躁动心思
不说黄昏晚来的豪情杯盏
凤阳，让一盏花鼓彩灯点亮
凤阳，让一缕春风吹拂
水是春天的，风是凤阳的
而美，是自然的
我轻勒时间的马，做一回凤阳人
在半城青山清秀典雅中，叫上我的娘子
在半城楼宇嵌玉飞红中，倾吐爱的蜜语
直到凤阳之水不再有爱的歌谣

直到凤阳云烟不再婀娜世俗之美
直到我能说出不忍说出的话
——凤阳，我有多爱
从你依山傍水到花朵的芳香，从你凤阳花鼓到韭山仙境
从你春天之美到我青春之恋，从我身体的血肉到骨骼
我不着一辞，打马而来

诗意凤阳

王建涛（山东）

[凤阳是个好地方]
全国诗词大赛优秀作品集

在淮河两岸成长
一粒树莓就此成了
生态凤阳的骄傲

梦想在火热上的蹁跹
站立或是屈膝，紧紧把你
拥在怀中。远离欲望的侵扰

十八个血手印烙下静美的场面
六乡一都也烙下了迷人的画卷
其实，与你就是一泓汗水的交情
外加一缕微风与渴望的遐想

然而，被那缕遐想挠痒的心灵
开始对望。忘记了风雨
忘记了春夏秋冬的漫长
一味地在凤阳的改革开放里翱翔——

人来人往，凤阳山上的美景
被贪恋抚摸又采撷

不管多少眼眸跌进
灿烂阳光的这缕芳香
苦寻或者苦等，对于你
就是一种淡然的绽放

小岗村的午季

王士利（安徽）

沙沙的镰声　在六月
开始成熟
还有我沾满露水的跋涉
曾经趔趔趄趄的梦想
于是
我毫不犹豫记录下　那些金色
那些像国徽一样
坚强朴素的重量

一个人的生命　一定会有
一枚最重的叶子
如同小麦和许多像钢铁一样坚硬的东西
都曾在这片倔强的土地上
茂盛地生长
而我　注定要在这次审判途中
与你们不期而遇
我知道　你们渴望的眸子
再也不会被贫穷和屈辱灼伤
一阵雨滴　从山林中
欢欢喜喜地跑出来

用一种清凉的姿态　越过田野

越过一群群

曾经干涸的眼睛

而麦场

随之像花朵般

在所有人的眼睛里　绽放

麦子们　我亲爱的麦子们

你们终于可以在西南季风的怀抱里

肆意欢舞了

当法槌落下

快乐的杨树　和成兜成兜的麦香

被捆扎成乡亲们手中　那一束

最结实和最清脆的记忆

丰收　再一次义无反顾地

在这个勇敢的村庄

重新站起

赞誉　女诗歌般到来

并在这个季节被收割

我终于可以　欢欣地对自己和所有人说

每一次调解

都是一次善和爱的　巡礼

每一次审判

都是一次对生命　最高级别的

瞻仰

小岗村的春天

李　琼（安徽）

一

那个冬夜，他们曾在昏暗的马灯下
签订生死状
红红的指印照得四壁一片光明
翌日的天空
滚动着明亮的惊雷
被禁锢已久的农田，即将在春雨里苏醒

二

十一月的濠梁，天空雨夹雪
悲伤和寒冷
浸透小岗村的马路和道旁树
浸透示范园里的葡萄
和大棚内的双孢菇
谁能预见，短短六年
就是一个共产党员的所有余生

三

小岗村的春天再度来临

鹿塘水库漾起微波
远来的大雁在芦苇丛中落户
葫芦和吊瓜将在新的季节里丰收
而生态长廊的彩虹
又岂是卓越的画师能够描摹?

四

众树被风,齐齐吹往一个方向:
安眠着异乡人的公墓
在无畏的勇气和平凡的伟大面前
无数头颅纷纷低垂
每片旧叶都将被新叶取代
每棵树的绿
都在悄悄改变着世界
而有些生命,却会在我们的记忆里延续

凤阳城

纯　子（江苏）

我知道，在我未到凤阳之前
一定有座静默的古驿站、古道，或凤凰山上一只
鸣叫的白鹭，替我存在于此
它们替我接受清晨的第一缕清风
也替我接受夜晚的群星闪烁，让我和这个江南
小城，一直同呼吸、共命运
因此，我从未到凤阳
但我是那个早已得到讯息的人，我知道
凤阳古城在城中伫立
它从未屈服于光阴，也从未惧怕过战火
它的城墙上飘落过明朝的霜雪
吹过清代的清风，也经历过民国的雨水
我还知道辽阔的卧牛湖，依旧有旧日的模样
任何一个经过这里的人
都可以得到它的波涛，和鱼群的心跳
而藏于峭壁之下的玉蟹泉水，一直清澈甘甜
已喷涌了多少世纪
终不枯竭也不消隐。我还知道一个穷人家的孩子
怎样从龙兴寺出发，在风雨飘摇中赢得江山
把一个时代最壮观的光芒

集中在自己身上，他从未想到
六百年后的今天，勤劳的凤阳人
唱着凤阳花鼓，创造了小岗村精神
重新立于改革开放的潮头。我更知道
京沪高铁、京沪铁路、合蚌铁路、淮南铁路
像四条蛟龙，穿境而过
所有人从凤阳出发，对于那个传说中的远方
都能顺利奔赴，并抵达

在凤阳，与不同的美相遇

汪　滢（安徽）

这一次我走过凤阳
远方的韭山依然绵延
在这里我看到
一片欣欣向荣的景象

小岗村换了个模样
回响着热闹的花鼓声
在这里我听到
一段段荡气回肠

手指轻轻划过
龙兴寺墙缝间的小草
在这里我摸到
印迹斑驳的石墙

每块明陵的青砖都像在诉说
用一种时空穿梭的语言
在这里我品到
历史无尽的沧桑

让人不觉流连的
是那濠梁间的智辩
在这里我寻到
淮上云水的悠长

生活在这土地上的人们
用勤劳打开了幸福的大门
在这里我感到
一股将要迸发的能量

记忆流过凤阳

杨绪甫 (山东)

诱惑，连着繁花遍地的前世今生
想与不想，月光都在生态凤阳上随意荡漾

沿着滔滔濠河，我匆匆奔赴凤阳山的石海
抚摸芙蓉红弹起的梦想，抚摸雪花白飘逸的芬芳
焚香许下的诺言，炙烤着我的心房
我喜欢为梦痴狂——如水澄净，如月温润，如春和畅
这些也不能把我的心情表达万分之一
我知道，在心浮气躁的时光里无法安放
生态之美的情感。更是无需
心平气和地聊聊庄惠观鱼的风餐露宿

流淌千年的不老梦想，保留着原生态的骨骼
润浸过的帝王将相、布衣身影
高过陷入俗世繁华的头颅，让人无地自容

有多少清澈干净的绯红树莓
就有多少善良的心灵
把幸福的命运放在手上
无怨无悔，走向翠柏般的胸怀坦荡

在凤阳，我是小岗村里一个红手印

董逢运（山东）

有月没月，在碧水蓝天的凤阳
我打开青春为你酿就的美酒
想你，总是在改革汹涌的白云里偷偷看
火辣辣的热流在我身体里游走
燃烧不能阻止你的烈焰，无人可以阻挡
深入祈福深处的慈悲
我不想在一个树莓绯红的午后
自斟自饮，那些透明的翠绿里
一览无余地掀开想你的经卷
更不想面对大樱桃荡漾的馥香，忘了自己的风度
让该不该穿越时空的犹豫
都成为尘世情缘的过错
你要我忘了我便忘了
你要我不忘记我就一直
放在凤阳大大小小的山峦交融里
等待蓝莓流下来的富美
遗忘每一个风雨沧桑的疼痛
请给我一个歌唱的机会
在凤阳，在生态之美的一笔一划里
我已无力逃脱。更不想

195

逃脱树莓清澈透明的慈悲
我一直在清洗肌肤上的污泥或世俗
可以穿上五彩衣衫，敲起丰收锣鼓
潜入那迎着生态歌唱的富足人家
不曾远去，也从未远去

凤阳鼓楼

郭　梅（安徽）

我环顾凤阳周边，伫立仰望
独特的韵味鼓楼，市民都出来了
健身的，练武的，跳花鼓的，很多
如果我疲惫了，就来鼓楼这坐坐
我是个孤独寂寞的，仰望鼓楼在思索的行者
如果我有些迷惘了，就让我来这里思考琢磨
我站在楼东街前，繁华喧闹和我无关
在历史悠久的小城，你我都很平凡
漫步在鼓楼下面，穿越着花铺廊
抹不去的明文化，小巷白墙与青砖
嬉笑的打闹着，幸福的人不眠
唯有我在牌坊前，对历史说晚安
我是个勤奋踏实的，忙着奋斗不忘你的青年
当鼓楼再次修缮，岁月是抹杀青春的利剑
我站在楼东街前，看着行人若隐若现
这是个古老的地方，历史你我共见
我在鼓楼，中都鼓楼
我在鼓楼，沧桑鼓楼
我在鼓楼，大明鼓楼
我在鼓楼，凤阳鼓楼

197

凤阳笔记

梅一梵（陕西）

在凤阳
我刚刚走出，明中都皇城
那城墙就开始沉默
那"万世根本"就开始沉默
那幽深的时光隧道，也开始沉默
就连鼓楼上的九间房
也瞬间消失

既然叫鼓楼，就必须有大鼓
于是，我铆足力气，腾空一跃
站在两袖清风的鼓楼上
双臂抱胸
让风，把我当鼓敲

"嘭，嘭，嘭"
"嘭嘭，嘭嘭，嘭嘭嘭——"
风，越敲越激昂，越敲越认真
像是有千军万马，卷土而来
像是有历史的足音，踏破铁蹄
像是，眼前这中天而立的楼宇

即将夭折
其实，我估摸着
风可能是，想动用，积攒了一生的力量
把一个并没有住在，皇陵中的帝王
宣召在鼓楼前

再看一次，凤阳花鼓
再听一回，龙兴晚钟

说凤阳，道凤阳

阿　强（浙江）

写下：凤阳，我的热血在暗涌
心中的话，像长了一双有力的翅膀
要把狼巷迷谷、明皇陵、明中都城
韭山、小岗村、龙兴寺、鼓楼……
用唐诗宋词的韵律，吟诵成诗

写下：凤阳，我就想站在
临淮关，面对着滚滚东流的淮河水
将心中的惦念和感怀，写在
一粒麦子沉睡的麦田

是的，写下：凤阳，枣巷
我就想起了我那逝去的祖母
她领着我走娘家时，路过巨家湾
一树桃花迎着春风绽放
她说：你记住，你也算半个凤阳人

写下：凤阳，我就会情不自禁地
跟着旋律扭起东方芭蕾——花鼓灯
龙兴寺的钟声，在耳畔回响

我知道，龙兴御液飘着诱人的香
那是，凤阳的味道，乡愁的味道

凤阳是一粒光线充足的词（组诗）

陈晓红（安徽）

太平洋上空偶遇

天下皆有凤阳人。你找不到原因
你要硬找，就到凤画里找
找一幅彩凤双飞翼
找一场灵犀一点通

前些年他们从旧金山来
近些年我们到洛杉矶去
来来去去的，在太平洋上空
总能听到凤阳，这粒光线充足的词

龙兴寺树下的光斑

清晨，我惊讶于光线的执着
居然穿透浓荫，坚决落在大地上
我当然要赞美佛光的大德

就像佛光一样，尘埃里灰头土脸的人
从来没被遗忘过，他们自己
也从来没有放弃过

小姑娘手执花鼓将它打

"将花鼓打出花来"。可以想见
淮河两岸，羊皮包裹无奈
走千走万，柳枝深藏喑哑

没凝视过花瓣的坠碎，就无缘
光和神谕的抛洒。没倾听过
一声"凤阳"，就不懂心的挣扎

小姑娘，你现在手执双条鼓
我愿意错认它是太阳花
我愿意，把你错认成太阳的女儿

小姑娘手执花鼓将它打，可以想见
一场盛大的、脱胎换骨的美
正以芭蕾的名义，大面积爆发

中都城遗址存念

浮土拱起，都城沉降
遗址上升，月光退让
砖铭隐约，草丛鲜亮
皇帝喑哑，群山浩荡

远眺景区

五十五平方公里，也圈不住
野韭的妄想。在春天，这些草民
向南翻过分水岭，向北一步

就到岸边。大江大河也挡不住
命运的漫溢，韭山不舍昼夜

……他曾一箭穿透金陵
她曾双乳哺育江山……

静置的山水，深沉的时光长者
我能聆听和领悟到，那是
天界下凡的神，在此处布道
我看到石头渐渐生动，所有生灵
活得越来越像生灵

……桃花水母显示大地的呼吸
石英在地表泛出父亲的光芒……

歌凤阳

黄珊珊（安徽）

瞻彼凤阳，花鼓衮衮，丝竹声处桃花源里醉春芳

瞻彼凤阳，石英绰绰，储量之大品味之高区无双

瞻彼凤阳，树莓累累，玲珑剔透甜涩参差诱阮郎

凤阳其美，淡妆多态小苹初见好风光

凤阳其姝，碧落黄泉蓬莱仙境心神往

瞻彼濠梁，钓鱼春涨，庄惠论战垂柳在旁子鱼茫

瞻彼濠梁，采和登仙，飞云冉冉玉宇琼楼笑疏狂

瞻彼濠梁，明陵风雨，太祖故里史诗画卷历沧桑

濠梁其杰，改革源地创新之都新气象

濠梁其灵，凤凰于飞非梧不栖画琳琅

瞻彼钟离，浮桥烟锁，百尺断虹石鸡相伴意徜徉

瞻彼钟离，龙兴禅窟，底蕴深厚香火无绝岁月长

瞻彼钟离，谯楼归市，兵火涅槃集市熙攘夜未央

钟离其净，韭山八景鬼斧神工心舒朗

钟离其秀，万古千秋人美景美物我忘

能不歌凤阳？

摆渡凤阳

黄树新（广西）

两把桨
巧妙地推开千年的凤阳
朱元璋
你渡自己
也渡时光

过河了
坐好
一两声招呼　一两声江淮官话　一两声乡情
爷爷
父亲
到你的手上　一代一代传承
责任
担当
被水朗诵
像爷爷水做成的皱纹　老城凤阳的另一个传说
分不清是汗水　还是雨水
你的脸上
插图我们的手机
然后是微博

从此开始　我们的偶像

一只船
一个户籍
一个身份
时间不属于你　它形成了一天多少趟
像水一样给太阳让座
像水一样给月亮问候
亲切
善良

新娘
让你摆渡
幸福的生活从这一边嫁到了另一边
岸
接受
容纳

凤阳
一半上香文明
一半上香你　你是凤阳的另一尊活菩萨
江淮流域之间
像凤阳的信仰
你的坚守
至高无上

亲爱的锚
拴住了你的亲爱的脚步　以及亲爱的湿润记忆
一只船上的时光

让你越来越丰富
把战争渡到远离我们的历史
把幸福停靠在我们的岸上

明皇故里的气节与涵养

苏要文（福建）

韭山九华雄踞南北，隔水对景，深险如函
峡谷坡地，明皇故里气节与涵养的围簇
是长了翅膀的春风，携来的暖玉

紫气东来，匍匐，觐拜，祈祷
祷词里，临关吟诗作赋悲悯一世的仰望
禅语的酒盅濡染金碧辉煌的宝石
中都关道一针见血的形象，抵达圣美的天堂
无数火焰就此腾空熠彩

农耕文化濠州文明，日精峰之巅，绵延
龙兴寺的钟鸣喧响，丹凤朝阳的峥嵘
北人文南自然旅游生态主流，在花鼓媚眼里
与唐诗宋词的风彩，幸福得语无伦次

雄关宴塞冰清玉洁的暖馨，飞天的晚钟
鬣鬃飘起是火中的云霓。捍卫观鱼之地
狼巷迷谷，有长啸撕破地狱之门。逐鹿中原
烽烟际会梦想，落款了钟离正道的永恒
这时我听到幽谷的歌唱。智慧花开

《道德经》莅临的精魂，任性而慈悲
老子过关，仰观韭山景，俯听淮水声
九华屏障铲除异己，凤阳府城，云雾街
人流如蚁的繁华，沿袭着一种农耕的坚守

降妖除魔的呼啸苏醒着淮河潮音的凌厉
一万道浪潮在高空崩溃。清明上河图的再现么？
凤阳豪气，花鼓灯魅影，这里没有了硝烟
我们如此广阔的城池，把雨夜拉开

凤画流岚，在中都皇故城遗址上绽放，抛洒
超越农旅的辉煌与灿烂，拦腰残碑断碣
陶窑石器，辅佐稼穑的底蕴与不朽

古丝绸之路，马帮驼铃，丝绸茶叶陶瓷
非遗风骨，联袂帝王之乡的执农不弃，逶迤

农耕文明的源远流长
一抹霓虹。农耕文明发祥地誓词囊括的民谣
跨上我梦寐的月华，做千万种凌空的神姿
霹雳响彻不羁的旋律。华丽转身

兴水利劝农桑励耕织，欣欣向荣
明中都皇故城，绿色的旌麾
浓艳京畿之地的福祉，只有丰盈与凯旋

表里山河，菩提径欢声笑语淹没的古美绝唱
明皇陵遗址，恍如一座大无畏的高峰

多少次风口浪尖舞动强健的筋骨
感受到一种滚烫的燃烧，或涅槃

风雅与智慧，信仰与功德
一再改变，或捉弄流水的本性
淮水之上，长满绿荫的安逸，或山歌
完美如初。一个个凤阳的儿女置身关隘
临风吟哦，久久地把故园抚慰于心口

指点江山。濠州博物的生命是一种传承
涧水青龙，卧牛湖光，甚或禅窟寺影
行善积德的建功立业及操守，革故鼎新
张狂灵动。驱赶着病体和苦难
心有灵犀的包容，禅修。智者当歌

翻云覆雨，农业文明举起的春晖
是在风暴过后的平静。热爱的蓬勃
文献名邦，中原要塞，忍辱维和的梦
帝王之乡史诗，多少次依依一回首
落款了，鹿塘月明四水四湖的水润桃源
把温柔化成清晨的露珠和月光下的虫鸣

惺惺相惜。如此自由的空间，静心修饰
如此壮烈的漂泊，如此妩媚的婉转
八千里路云和月，农耕文明濡染王者风范
定位了凤阳之光的走向，打磨天下

211

凤阳九章

陈若祥（安徽）

小岗在呼唤

——怀念小岗村党支部第一书记沈浩

大地苍茫，小岗心伤
沈书记啊，你怎么走得那么匆忙
你可知道啊
小岗还有多少事要与你商量
小岗还有多少话没来得及对你讲
你在小岗，带领大伙盖起了新房
你在小岗，呕心沥血，引资招商
你在小岗，大包干纪念馆也开始笑迎八方

道路蜿蜒啊
你一步一步地实践
在小岗
你说你是共产党员
你说你应该事事当先
在小岗
你说民事大于天

你说你要时时铭记心间
今天，在小岗
沈书记啊，大地无言
你看那三收的果实
那是小岗给你最美的礼赞

可是
可是沈书记啊，你怎么走得那么匆忙
你可知道啊
小岗的土地还在等着你
等着你走上田埂，察看稻秧
你可知道啊
小岗的老人还在等着你
等着你回去，再拉一拉家常
你可知道啊
小岗的娃儿还在等着你
等着你看他，看他成为栋梁

大地苍茫，小岗心伤
沈书记啊，你怎么走得那么匆忙
你可知道啊
今天，你的小岗多么悲伤
你的脚步熟悉了小岗每一寸土壤
你规划起了小岗最美的希望
你带着小岗从小康再次远航
你看今天的小岗已经换了模样
可你这小岗的脊梁啊
怎么走得那么匆忙
今天，你的小岗要好好地把你凝望

213

凝望你微笑的脸庞
凝望你的微笑，刻满了沧桑

凤阳，凤阳

从历史的云烟从容走出
以坚实的脚步继续进发
一个人创造了一个神话
一个村庄开启了壮丽的篇章
那个人叫朱元璋，他生长于凤阳
那个村庄叫小岗，它就是在凤阳
凤阳，凤阳，我的故乡，我魂牵梦绕的天堂

沿着那九华屏障，我找寻你
郁郁葱葱，蔚然成林，你贮满了一汪清荫
循着那龙兴晚钟，我走向你
声声点点，厚重悠扬，你装点着相思美梦
沐浴着明陵风雨，我呼唤着你
点点滴滴，雨落风起，几多浮沉几多沧桑
聆听着花鼓古韵，我拥抱着你
丝丝缕缕，百感交集，几多忧伤几多希望
凤阳啊凤阳，你是我的故乡，你是我日夜的向往

凤阳，凤阳，我愿为你歌唱
歌唱那伫立于凤凰山上的雏凤，清音嘹亮
歌唱那屹立于府衙署前的石狮，威武坚强
歌唱那中都城下的厚重磐石，诉说着历史的辉煌
歌唱那濠梁河畔的烟锁浮桥，点缀你的微波荡漾
凤阳啊凤阳，那是你的骄傲，那是我的自豪

曾经沧海茫茫，潜龙在渊，你孕育了一代帝王
曾经天风浩浩，丹凤朝阳，你点燃起新的希望
历风雨，换春秋
浩然凌云，那鼓楼上的万世根本还在
盛名不虚，那中都城的精美石刻还在
经霜雪，越烟云
豁然澄彻，那禅窟寺的玉蟹泉还在
遗韵犹存，那明皇陵的无字碑还在
凤阳啊凤阳，你以你的厚重诉说着辉煌

说凤阳，道凤阳，凤阳是个好地方
一曲花鼓几经传唱
今天那花鼓里没有忧伤
今天那花鼓里充满希望
你听，今天的凤阳再次把改革的号角吹响
你看，今天的凤阳蒸蒸日上再次展翅飞翔
凤阳啊凤阳，你是我的梦乡，你是我的天堂

浮桥烟锁

千帆云集，丰盈成河
在我未到的时候
于喧嚷之中应该流出一段琴声
溯流而上，烟锁浮桥
你正守着自己小小的秘密

一首歌随着流水去了远方
一个梦在结局未明时日渐丰满
飘忽不定的人铭记着季节的转变
多少烦躁的心渐渐平静

多少沉默的鱼准时洄游故乡

你是否跟一尾鱼梦到了一块儿
梦到一个离开的理由
梦到天空也低了下来
云烟触手可及，与你相映成画

水流向东，时光沉默
跃上岸来，从此
落脚坚实的土地

凤画：丹凤朝阳

太阳升起来了
最美的使者，唤醒了村庄
越过清清的小河
立于磐石

浅浅的晨风
是你不甘寂寞的裙带
你总执着地向往光明
你看，在你清脆的呼唤中
春天
在悄悄地萌芽

那些色彩啊，那些梦幻
正随风摇曳
你总告诉众生：
昂起头来，会看得更远

凤画：百鸟朝凤

阳光
随着一声清脆落向大地
那明晰的呼唤
摇落了多少梦的色彩

所有的鸟儿
都以臣服的姿态
安静下来
那个季节啊，应该在早春
你看啊，那些嫩绿
装点了所有的空间

我可以设想一下
譬如在三月
我们的三者，迎风而歌
那歌声在我们周围旋转
我们的童年
趋向成熟
我们的小妹妹
慢慢地走出了闺阁

坐在鼓楼之上

坐在鼓楼之上
我可以静静地怀念往事
那些失散已久的人物
在晚风吹过的春天
纷扰登台

没有桃红柳绿
没有花影斜飞
唯有铿锵的鼓点，冲杀的呐喊
穿越一段历史
徐徐
走向我的耳畔

鼓楼之外
长风深陷于权势争夺的怒涛
一代帝王
孤独而自信地
留下"万世根本"的沉思
历史的苍凉
从那斑驳的洪武五年的墙砖中
猛然惊醒

从兵荒马乱开始
历经了金戈铁马，城池沦陷
历经了运筹帷幄，旌旗招展
一个朝代
小心地垒砌砖墙
竖起威严

坐在鼓楼之上
我愿意
跟每一块古墙砖作一次对话
让它们也和我一样
静静地怀念往事
静静地走过下一个春天

凤阳——南环路以北

南环路以北的世界
将步步深入我背叛的中心
如果我此刻回望，清晰的轮廓
将会遮住我背后所有的词语
思考，放弃，或虔诚，或梦想
南环路以北
向北一米便是深入一步
如果向北七百米呢

这无所不包容的城市
应该能够容忍
一个早已疲惫而短暂的梦的出走
你没有看到，南环路以北的鼓楼
布满了明朝的青苔
在从前的季节里睡着
三步两桥，早已拥挤，速度饱满

这失去知觉太久的土地啊
总在虚度时光，总是杂物太多
南环路以北，在这座城市的另一端
可以独享被拥抱的温暖
而我，或将一路向北或将转身南行
南环路以北的世界
能否真正成为我背叛的中心

南环路以北的世界，迷失了
多少人的童年

从来不觉得自己醉过
属于我的世界
还可以盛放更多可能的荒凉
这，只需要过程
南环路以北，五岔路口
在那儿呀，我至今也没有明白
哪个方向通往韭山
哪个方向通往大庙

凤阳——南环路以南

很多年以来
我几乎忽视了南环路的存在
忽视了南环路以南的一切
今天，我不再等待
秋天的真正到来。步入了
黄昏之中的南环路
步入了车水马龙步入了喧嚣与浮华

在这个城市，在南环路以南的空地
我躺倒在南行的路标下
虔诚地把心跳交给大地
不再回头，不再转身
我只装作沉重的思考
我只当一切都是慢的，近乎静止

如果能够穿过季节的缝隙
我就能与自己的童年不期而遇
交叉，重叠
在这南环路以南的地方

我情愿放弃智慧放弃热爱的时间
我要细心地清理生活和忧伤
就像我此刻用无神的目光梳理
永远也不会处于我的控制之下的
车水马龙的南环路

不再承认一切顺其自然的合理性
我开始刻意忘却南环路存在的
一切证据
执意南行，前往
不可预测的深度
干涸的河床
以及消瘦的南环路以南的群山

冬至以后，穿过田野

徒步向北，向北
穿过这冬至以后的田野
群雁早已远去
寒冷占据了整个天空

再往前，就是无声的村庄
我背离南飞的梦想
逐渐远离中都城的鼓楼
在那些沉默的林木中
寻找季节涂写的痕迹

有太多的故事，沉睡
在空旷的田野
一样的日子一样的重复

荒凉的理想能否让苍白的故园
如期开出春花

冬至以后，穿过田野
不再叩问脚下的每一寸土地
不再叩问四季的轮回
不再叩问没有炊烟的村庄

一切都将趋于自然
群雁飞去，叶子落下
季节的阵痛
一边迁徙，一边堆积

附录一

"凤阳是个好地方"全国诗词大赛颁奖典礼朗诵作品合集表

序　号	题　目	作　者	朗诵者
1	凤阳行	陈若祥	丁美丽　张　俊
2	明皇陵碑记	朱元璋	陈　磊
3	我敲打我手中的花鼓	王冬生 吴慧敏	张　祎　张天霖 孔繁雪　魏博伦
4	凤阳:不朽的光芒直抵	王小荣	姜正跃　宋言妍 郑兆迎
5	凤阳印象	衡泽贤　吴承曙 李根华　王　勤 翟红本	孙　凌　钱　萍 王荣琳　周东城 王志海
6	满庭芳·秋登古中都城 遗址抒怀	罗后长	罗后长
7	凤阳,这么多年我就住 在你的身边	吴慧敏	张天霖　张祎
8	凤阳书简	王冬生	孔繁雪　魏博伦
9	凤阳五咏	刘铁民	张祥瑞　曹博栩 王　硕　陆　毅 薛洪峰　范梦琪 邹欣妍

备注:颁奖典礼朗诵作品因表演需要与正文诗歌有出入。

本书部分优秀诗词朗诵作品朗诵者名单

冉　迪	张　祎	张天霖	孔繁雪	魏博伦
陈　磊	孙　凌	钱　萍	姜正跃	宋言妍
琼　楼	邓正梅	王志海	冯　春	田益全
朱庭宝	丁美丽	侯　曼	张军周	原田梓
冯志君	张　俊	郭　梅	沈　珺	郑兆迎
王荣琳	周东城	罗后长	张祥瑞	曹博栩
王　硕	陆　毅	薛洪峰	范梦琪	邹欣妍

后　记

　　"说凤阳，道凤阳，凤阳是个好地方"，一首凤阳花鼓词自古传唱至今，在国内外许多文学、歌舞、戏曲等作品中多有展现，已成为凤阳形象宣传的一句响亮口号。用这样一句话来赞美凤阳、推介凤阳，是凤阳厚重的历史凝结而成的，没有任何虚夸的成分，更不会有剽窃的嫌疑。因为凤阳花鼓歌一直以来就是这么唱的，这是值得每一个凤阳人始终自信、引以为豪的。

　　时光流转，岁月如歌。走向新时代的凤阳，基础设施日臻完善，生态环境优美洁净，经济社会全面发展，文化传承继往开来，乡村和美幸福安康，城市面貌日新月异，一幅大美凤阳的画卷正在徐徐展开，"凤阳是个好地方"又焕发了新的风采，增添了更多的元素，丰富了更多的内涵。

　　《"凤阳是个好地方"全国诗词大赛优秀作品集》有的作品是踏访抒怀、与历史对话、与时间叙谈，有的是内心的辞章、一种不一样的心跳，有的是一场关于美学的经典邂逅，有的抒发了撸起袖子加油干的豪情……记、忆、咏、吟、题，歌古颂今，古典与现代，畅想未来。她的出版发行，又增加了一页歌唱"凤阳是个好地方"的优美篇章。

　　《"凤阳是个好地方"全国诗词大赛优秀作品集》在征集、评审、诵读、结集出版期间，凤阳县委、县政府高度重视，凤阳县委常委、宣传部部长王连侠为诗集作序，凤阳县旅游局、凤阳县摄影

225

家协会提供精美配图，凤阳县传媒中心、凤阳县朗读者协会提供诗词朗诵，凤阳县文联、凤阳县图书馆、凤阳县诗词学会、凤阳县作家协会精心组织、密切配合，安徽师范大学出版社的编辑们严谨编审。在此，谨向所有关心、支持和帮助该诗词集出版的各位领导和有关单位表示衷心的感谢！

中共凤阳县委宣传部副部长　王启虎
2018 年 10 月于凤阳

[凤阳是个好地方]
全国诗词大赛优秀作品集